荣誉证书

江西高校出版社：

　　你社出版的《青少年素质读本·中国小小说 50 强》（50 册）荣获 2009 年冰心儿童图书奖。

冰心奖评委会

2009 年 11 月　韩素音 Han Suyin

青少年素质读本
中国小小说50强
Mininovel
冰心儿童图书奖获奖图书
中国现代文学馆馆藏

红风筝

陈　敏◎著

江西高校出版社

图书在版编目（CIP）数据

红风筝/陈敏著. —南昌：江西高校出版社，2009.3（2016.6 重印）
（青少年素质读本·中国小小说50强）
ISBN 978-7-81132-553-9

Ⅰ. 红… Ⅱ. 陈… Ⅲ. 小小说—作品集—中国—当代 Ⅳ. I247.8

中国版本图书馆 CIP 数据核字（2009）第 047067 号

红风筝

丛书策划：尚振山
策划编辑：尚振山　周伟峰
责任编辑：魏文清　黄玉婷
特约编辑：村　流
作　　者：陈　敏
出版发行：江西高校出版社
社　　址：江西省南昌市洪都北大道 96 号（330046）
编 辑 室：（0791）88170528
市 场 部：（0791）88170198
网　　址：www. juacp. com
印　　刷：北京一鑫印务有限责任公司
经　　销：新华书店
开　　本：710×1000　1/16
字　　数：205 千字
印　　张：13
版　　次：2016 年 6 月第 2 版第 4 次印刷
书　　号：ISBN 978-7-81132-553-9
定　　价：23.00 元

序

　　这套《青少年素质读本·中国小小说 50 强》丛书精选了当今中国小小说界最具实力的 50 位作家，每人一部共 50 本书，所选作品也大都是这些作家的代表性作品。在即将付梓之际，出版者嘱余以序之，时间紧迫，惜不能将书稿一一细读，只能杂谈一点感受以求教于方家。

　　对中国小小说的发展和小小说作家的创作我一直比较关注。这套丛书中有不少作家我是认识的，许多作家的作品我也拜读过，印象深刻。其中不少作家的作品深深影响了中国青少年阅读近三十年，相当多的作品入选小学、中学、大学语文教材乃至国外的中文教材。还有的作品成为了中考、高考、研究生入学考试的试题。国内不少知名的刊物如《读者》《青年文摘》《青年博览》等也都曾转载过其中的篇章。

　　小小说近十几年发展很快，已经形成了一个不容忽视的文学现象。当前我们全国有一大批小小说作家，更多的、难以计数的读者则是它的忠实拥趸。许多小小说作家数十年如一日，潜心于这种文体的创作，正因了他们的不懈努力，才形成了如此纷繁茂盛绚丽多姿的小小说格局。很欣慰这套丛书基本上囊括了中国最优秀的小小说作家和他们的作品，不敢说没有遗珠之憾，但"鱼目混珠"肯定是没有的。通过这套丛书，读者可以窥望小小说作家们抱玉握珠的才华，可以领略当今中国小小说异彩纷呈的世界。

　　题旨深度的开掘、情感魅力的展示、艺术表达的精妙和难舍难弃的吸引力，从来就是小说家们追求的境界。而小小说，它独特的文体，对这一境界的实现规定了独特的美学要求。小小说的巨匠们，是"带着镣铐跳舞"的大师，尺幅之间，可窥千里，一颦一笑，堪叹人生。无论是题材的选择，还是角度的切入，是意境的营造，还是语言的特色，都与中长篇小说大异其趣。我很高兴小小说写家们都已参透堂奥，他们的思考与追求，也就有了很高的自觉性。其成果斐然，自是题中应有之义。

尽管小小说写好殊为不易，但相对来说，还是比较适合青少年阅读与学习的文体。短短一两千字内，用精准的文字讲述一个引人入胜、相对完整的故事，好看、好读、好玩，颇符合青少年的阅读心理和阅读习惯。小小说无论写人绘景状物，还是记叙抒情议论，诸多写作手法或技巧的运用，很能锻炼、考验习作者的想象力和文字功底。由此，这套丛书的定位——青少年素质读本，其良苦用心就显而易见了。在文化阅读市场普遍比较浮躁的当今，出版者能够静下心来，专注地为青少年学子编辑一套适合他们阅读的丛书，这是令人钦佩的。看得出，让青少年读好书，读有益于他们成长的书，是这家出版社的良苦用心。《青少年素质读本·中国小小说50强》的出版，在力争打造青少年及大众阅读出版的一个新标杆。

我相信，通过这套精心编选出版的丛书，将可能为中国青少年整体素质的提高做出一点贡献；同时也希望通过这套丛书，能培育出更多热爱文学热爱小小说的青少年读者和作者，因为中国文学的未来最终是属于他们的。

是为序。

中国作家协会副主席
中国现代文学馆馆长

目 录

感恩草

我一直很害羞。

害羞是一种病。它起源于陌生环境恐惧症。我很早就患上了这种病，这是一种普遍的对人群和环境的畏惧。

关于我的健康，不提倒也罢了，它是一团糟，根本没法提。多动腿综合症让我无来由地在课堂上说跑就跑。哪个老师都拿我没办法。他们唯一能做的就是把我的母亲叫来训一通。说实在的，每次看到母亲灰溜溜的脸，我就会暗中自喜，谁让她不告诉我父亲是谁，谁让她叫我没有一个固定的家，没有一个固定的学校。她搬家比兔子遗屎还快，过不了多久就换一个地方。我的学校也随着家的搬迁不停地变动。当一个又一个的陌生男人拍着我的头，让我喊他爹的时候，我都会"哇"的一声，像死了娘一样嚎叫起来。我知道我柔弱的胳膊还扭不过母亲的大腿，唯一能做到的就是用哭声来威胁和抗议她身边的男人。母亲就在一旁温柔地打圆场说：这孩子害羞！

生活没有什么乐趣，大多数的时候没有人来看我，我曾经有过几个朋友，他们出现了又消失了。我一直没有认识到一个真正的朋友，没有遇见一个喜欢我或者我喜欢的老师。我因孤独而哭泣的时候比其他任何人都多。

母亲有时也可怜我，设法让我平静。她买回了一些植物放在阳台上，让我放松心情。一个下午，我走出房间给植物浇水，我听见有人在叫我。我的第一反应就是忽视这个声音，赶快躲开。我身后的门被我的脚"咣"出了一声巨响。但出于一些原因，我把脸贴在玻璃窗上往外看。我看见了她——刚刚分到我们差等

1

班的班主任兼英语老师。她说："你好，邵阳，一个男人用这种态度迎接女人是不礼貌的。""切，我才十四岁不到，怎么就成男人了！说你自己是个女人倒是货真价实！"我冲着外面喊。

在那个任性充斥的年代，叛逆显得那么肆无忌惮。她显然听见了，但没有生气，也没有离开，她接着说："邵阳，你知道植物也会笑吗？"我听到自己回应的声音："鬼话，植物会笑？说给鬼，鬼都不信。"她说："植物和人一样，真的会笑，不信你出来看一下呀。"我没有战胜住好奇心，竟然把门打开了。我看见了她，好美，声音也美。她说："看，这棵植物就一直笑着，你整天给它浇水，竟然没有看见。"她指向一株开放着的杜鹃说："你看，它笑了没有？"我的脸片刻间羞成了一块红布，扭捏地发出了一声笑。这是我记忆中最快乐的一个下午，因为我好久都没有笑过了。

她用了一周或者更长的时间来接近和了解我，当我们开始交谈时，我们就意识到我们会成为终生朋友。

她大我十岁，很小的时候就被父亲抛弃了。和她一同被抛弃的当然还有她的母亲。她回忆道：那天，当她看见父亲提着大包小包离开她们的时候，她在床上快乐地翻腾了一个下午，因为从此再也没人骂她和妈妈了，也没有人再打她们了。她的童年竟然和我一样孤独寂寞。

我们喜欢一样的音乐和食物，我们都喜素描，我们患有同样的害羞病。我们经常在同一时间里说出同样的话。

生命中有如此多的相似之处只是巧合，比如我们在同一个月份的同一天里出生，但我更愿意相信这是上天对我的眷恋。上天送给了我一个天使。

我在写这些文字的时候，是我接到大学录取通知书的这个晚上。我用了一夜的时间来回忆我和这个天使老师在一起的点点滴滴。在我的英语成绩糟透了的那些日子里，她每天逼迫我问她三个问题。这三个问题真够灵的，刚刚半年，我的成绩就一跃而起。为治好我的害羞症和多动腿综合症，她像带教案本一样，把我从一个班带到另一个班上课。两月不到，我的病症不治而愈。我和几个班的优等生成了好友。我竟然在两年后的时间里能站在讲台上给差等同学补课……

写到这里时，我的眼泪流得稀里哗啦的，但是，这次是幸福的泪水。

有的时候，多么希望让时钟停止转动，可是时钟停了，时间却依然在走。她在这个假期里走进了婚礼的殿堂，而我将走向大学的殿堂。不知怎么了，在离开前的这段日子里，我的心像六月的梅雨天，天天都在下雨。

我可能等不到她回来了。我本想给她一个结实的拥抱，然后紧紧地握住她的手，勇敢地趴到她耳边说：老师，这可是一双从没被异性摸过的初手啊！可我等不着了。

临走的那天早上，我把一株精心养育了多年的感恩草放在她的窗前。

这是一种看起来并不起眼的草，细细的枝条，简单的纹路，撑起绿绿的叶。这小小的植物会在每天清晨流出一滴泪，挂于叶尖。其实那不是泪，也不是伤心，而是感恩的回报，是这小小的生命为了感激养育它的水分和营养而捧出的回报的结晶。

我在心里默默地说：老师，请收下这棵感恩的生灵。

爷爷树

三岁那年，父亲带我来到爷爷的墓地，我们在他的坟前栽下了一棵桃树。

栽那棵树是为了纪念爷爷。爷爷爱树，一生都在种树。他的人生目的就是将他家门前附近的几十亩沙坡变成森林。而坡是沙坡，几乎很难长出树木。可爷爷说，他能想办法让树长起来。

于是，爷爷开始在沙坡上栽种各种各样的灌木，爷爷说，有了灌木，鸟儿就来了，鸟儿能到的地方就能长出树来。因为，鸟儿是天然播种机，它们能带来各种各样的树种，并把种子深深地种进土里。

爷爷栽下的灌木一点点长了起来，果然，鸟儿们就来了。如爷爷所说的那样，沙坡上竟然奇迹般地出现了一些小树，尽管它们看上去黄恹恹的，一幅弱不禁风的样子，但毕竟还是长了出来。然而，只凭鸟儿的力量让树木长起来还远远不够。爷爷得亲自动手才行。爷爷便把他所有的时间和精力都放在这片沙坡上。

爷爷属于"不劳而获"的园艺派。他从大老远的地方把树辛辛苦苦弄来，栽在山上，却又不给它们浇水，这几乎是违背常理的。但爷爷却有自己的理由。他说给新种的树浇水会害了它们，树和人是一样的，如果要生活在艰苦的环境里，就必须从小加强锻炼，不能适应环境的树木早点淘汰也没什么大不了。他说，用水浇灌过的树木，头重，脚轻，根底浅，长不了多久便会自然消亡。他像斯巴达人训练孩子一样训练树木。因此，爷爷栽下的树成活率低得出奇。而一旦活下来的却粗壮无比，枝繁叶茂，生气勃勃。

沙坡上的树一天天长了出来，虽然稀稀拉拉的，但却挺拔，由于根深深地扎在地下，它们抵挡住了一场又一场的风沙。渐渐地，就有更多的鸟儿飞来了，一些小动物也开始在灌木丛中安家了。而爷爷没有看见他所希望的山坡上的满眼绿色。他突然倒下了，倒在那片还没有长满树木的山坡上。

家人深知爷爷一辈子爱树，就把他葬在离家门不远的地方。那里有他生前栽下的一些树。父亲还手把手地教我种下了一棵桃树。

上中学的第一个夏季，老师让我们写一篇《种树》的作文。我一气呵成，整整写了八页。描述了我在爷爷坟前栽下的那棵桃树：那棵树是为纪念爷爷而种的，所以，我一直叫它"爷爷树"。当年我和父亲种下它的时候，依照爷爷的种树原则，没有给树浇水，可那棵树一点也不娇气，它活下来了，它可能太喜欢爷爷了，也可能是十分怕爷爷，所以就拼命地长。如今，它已经长得又高又大。它年年开花，年年结果，桃子成熟的时候，我时常在夜里听到熟透了的桃子掉到爷爷的墓边，可第二天早上，掉下来的桃子就不见了，那是让爷爷捡去吃了……

我把作文交给老师。两天后，作文发下来了。老师把我的作文念给全班同学听了一遍，之后，又把我叫上去说：你的想象力还算丰富，但文字里渗透出了一股很浓的迷信味！把它拿下去改了，再交上来。

我折腾了一夜都没改出一个字。

有趣的是，那个周末，就有五六个同学悄悄地来到我家，他们硬赖在我家过夜，以便来验证晚上是不是有桃子落下来，让爷爷捡去吃了。

遗憾的是，那天晚上，桃树上的桃子一个也没落下来。

黑色的蝴蝶

　　取结果的那天下午，他很早就从家里出来，一个人去了医院。

　　结果单上的英文术语他看不懂，他也没问。医生说：现在就着手治疗还能缓解，我觉得还是治一下，你看呢？

　　他没有听清楚医生后面的话，连诊断单都没要，就走出了医院的门。

　　路上，他感谢上天还能宽限他一段时间。他在心里思索和筹划着以后的路。不管这段路是长是短，他都想按照自己的意愿活一回自己。这么多年，在名利、金钱和女人面前，他完全称得上一条汉子。多少次送来的机会全让他放弃了，他不善于做昧良心的人和事，因而也就造就了他生命的过往中没有多少起色与辉煌。

　　年轻时，时常在乡村野外采访、写稿，深得民意，百姓们都叫他"土记者"。他被一个地方小报的编辑相中，给了他一份写本报讯的工作。写本报讯很适合他。不仅写着得力，还能挣来额外的稿酬。稿酬虽不多，却时常有，像山间的泉，细水长流。他把得来的稿酬秘密地装在一个罐子里，连同他从报纸上剪下来的"本报讯"。他还把罐子放在家里最隐蔽的位置。多幸福啊！隔几天就能往罐子里塞上一点钱和已经变成了印刷体的文字！他感到自己成了世界上最富有的人。那个得意呀！天！连他自己都把自己爱得死去活来！他又获得了一个"本报讯"的称号。

　　相比起来，他更喜欢别人叫他"土记者"。他想再有点突破，于是就从乡村的苦难里寻找写作的资源，并把这些资源拉成比豆腐块还大的文字送给市报社主编。

"你不能把乡村的苦难原封不动地搬进来呀，你应该把乡村诗意化，把苦难审美化！"主编像对待父老乡亲一样给他说。他理解似的一阵点头。

以后的日子里，他比以往任何时候都勤奋，他在屋子里呕出了不少文字，但都是给自己看的。

此时，所有的一切对他来说已经是过往的烟云。而眼下最重要的是，要活得充实一点，即使还有最后一口气。他就是不爱浑浑噩噩地生活。他习惯了思考，习惯去写，不管别人如何评价，也不管得失，苦累成败都是自己一个人承担。他没有无助的感觉，只有默默的惬意。

写作让他懂得了一个道理：即使缺少了爱和温暖的心灵，也并不孤独。他把双手伸进那个不为人知的罐子。他把它们一点点取出来整理。真是巧了，这些稿酬用来出版他的"本报讯"文字不多也不少。他感谢老天又一次成全他的美意，他感动得流了一脸的泪。

他把自己的书稿带进了一家出版社。

在捧着那本厚厚的、带着墨迹的书的那一夜，他沉沉地睡了下去。浑然不觉的妻子如同做了一个梦。他竟然丝毫没有给她提过自己的身体。

空旷寂寥的山野看不到山花，也听不见鸟儿的鸣唱。含泪的妻子把那些书一片一片地撕下，焚了，在他的墓前。

淡淡的青烟从墓地的上空袅袅升起，纸钱随风飘荡，像黑色的蝴蝶，飞着，舞着。

兔子的复活

从店铺里出来走到家门口，我看见我们家的小狗毛毛拖着一团毛茸茸的东西正一步一步向我走来。等毛毛走近时，我才发现它嘴里叼着的竟是一只小白兔。小白兔的绒毛乱乱的，身子僵僵的，明显已经死了。

我一下子慌乱起来。我知道这只小白兔正是邻居乔姨心爱的宠物，乔姨特别喜欢小兔子，还给它取了一个高贵的名字"格格"；乔姨天天不厌其烦地给它洗澡，让"格格"雪白的绒毛一尘不染；她每天一大早就去市场买最新鲜的菜，然后经过细心的消毒处理后才喂给"格格"；乔姨说：未经消毒的菜，"格格"吃了会拉肚子。

我把死去的兔子拿在手里看了一遍又一遍，心里很难过。告诉实情吧，又怕乔姨伤心；赔偿给她吧，这邻里邻居的，也很难为情。思来想去，别无良策，唯一的办法只有一个：我把兔子的重量掂了又掂，又用尺子把它的耳朵长度量了又量，然后把兔子埋在我家的后院里。

现在是午休时间，乔姨照例不会出门，补救行动都还来得急。

我太熟悉"格格"了，红红亮亮的眼睛，小小的豁嘴吃起东西来一掀一掀的，着实令人喜爱。

事不宜迟，我立刻去"宠物"世界买回来了一只和"格格"在外形特点上一模一样的小兔子，并把它悄悄地放回乔姨的兔笼里，然后又把毛毛狠狠地教训了一顿，并用绳子栓了起来。

下午乔姨起床了。她在屋外大声地喊我的名字："春子，你知道我家'格格'死了吗?"

我急忙奔出来说: "什么, '格格' ……它死了! 怎么会……不是挺好的么!"

"你说,这是不是出了奇事了?"乔姨大声说道:"今儿一大早,我去给'格格'喂食,发现它已经死在笼子里,我很难过,谁也没有告诉,就把它埋到我家后院的大槐树下了,可现在它怎么又复活了呢? 你看这奇不奇怪呀,我这该不会是在做梦吧?"

我怔在那里,心里七上八下的,想说的话到了嘴边又全都咽到肚子里去了。

乔姨边说边去抱那兔子,一脸疑惑与喜悦的混合表情。她用手一遍又一遍地梳理着兔子的毛,还翻看了它的肚子,说这只兔子是雌的,就是他们的"格格"。她还抱着兔子去后院大槐树下查看了她埋"格格"的地方,说她埋在坑里的兔子不见了,"格格"确实是活过来了。

"格格"确实"复活"了。看到乔姨一脸喜悦,我也感到如释重负。

日子就这样又恢复了往日的平静。

两星期后的一个下午,我和乔姨在我家后门的台阶上闲聊,一不留神,让毛毛给踹了出去。

不一会儿,毛毛回来了,它把一团腐烂的、脏兮兮的兔子尸体叼到我和乔姨的面前。

我和乔姨面面相觑,一下子都愣在了那里,半晌没说一句话。

我做前台

小酒店的女老板上下打量了我一番后，说："你被留用了！"我听后简直是乐极了。当天晚上我就上了班。

我的工作是做前台，尽管我是个小男生。

阴雨连绵的天气，酒店里的生意并不兴隆。我上班已经好几天了，前来登记住宿的客人却寥寥无几。

一天晚上，天仍然下着雨，一个中年男子进来了，他要求登记一个单人房间。我为他办理了手续。在他转身去房间的时候，他突然对我说："小男生，我要叮嘱你一件事，无论什么人来找我，都不许说出我的房间号码，电话更不许往我的房间里接，你记住了吗？""记住了，先生！"我答道。"你能保证？"他问。"能保证，先生！"我回答的声音非常清脆。男子听后满意地去了房间，回头还朝我微笑了一下。

我把他的名字记在备忘录上。他叫罗伯特，一个洋人的名字，很好记。

罗伯特住进来的第二天就陆续有人来电话寻找。我一律回答说："对不起，没有这样的客人在此留宿！"

一连好几天就这样平安地过去了。

然而，一个下午，一个女人匆匆地来到小酒店，她的神色显得非常匆忙而慌乱。她说："小男生，我向你打听一个人，一个名叫罗伯特的男人住在你们这里吧？告诉他我要见他！""对不起，夫人，这里没有叫罗伯特的人！"我斩钉截铁地回答。"好啊，是他叫你这么说的，是吧？你告诉他，我是他老婆，他的两个孩子全病了，没钱去医院，他不愿见我也行，跟哪个女人鬼混我也不在乎，可他得给我钱呀，我需要钱给孩子治病，知道吗?"

女人的话一下子把我的心变成了水泡过的土坷垃。怎么办? 孩子病了，这可是个要紧事，一个男人再坏，也不能对自己孩子的病都无动于衷吧。

我反复地想了好长一会儿，还是决定告诉这位夫人事实的真相。为了不过分惊扰这个男子，我轻轻地拨通了他房间的电话。

不一会儿，男人走出来了。男人是提着行李走出来的。他雷霆大怒，劈头盖脑地训斥了我一通。不过，我没有因此而感到难过。我呆呆地站在那里看着他和那个女人一起走出了酒店的门。

我半天才反应过来。我急忙冲出酒店，大喊："先生，您还没有结账呢!"可他们已经坐上出租车走远了。

老板很快就知道了这件事。她叫我去她的办公室。我想这下完了!

"对不起! 老板，我……"。

"我都知道了，不用解释了!"老板打断我的话。她从椅子上站起来，走到我身边小声对我说："小伙子，按照常理，你是应该被解聘的。可你的善良却把你留了下来。这一月，我给你多加 100 元。"

我听后如同进入梦中一般。

后来，才有人告诉我，老板曾有过和那个女人类似的经历。

又过了两天，那个女人再一次来到了酒店。她连连向我道歉，说那天她和丈夫走得太急，没来得及结账。今天，她是专程来替丈夫结账的。

女人结完账后硬是留下了 100 元，说那是给我的小费。

走出诱惑

在"走出诱惑"的主题班会上，一个刚刚转来不久的名叫毛洪凯的学生第一个走向讲台，给大家讲了一件他亲身经历的事。

两年前，他从乡下考进了城里的一所高中。第一次走进外面的世界，他觉得新鲜极了。尤其是学校附近的网吧，更让他产生一种想进去体验一番的冲动。终于，他没有顶住诱惑，进入了那个虚幻缥缈的游戏世界。他开始逃学，尽管他和其他学生一样，每天都背着书包早出晚归，显出学习非常用功的样子，其实他根本连学校的门都没有进。

渐渐地，母亲发现了。毫无疑问，她是非常生气的，她想打他一巴掌，但她却把扬起的手又缩了回去，四下里张望着，脸竟不自然地红了一下。母亲总是这样，年纪不小了，却还依然害羞。有时，无意中说话的嗓音高了点，都会把自己羞着。

母亲悄悄地把他叫出网吧，说：你把我给你的吃饭钱都扔进这里了，可你总不能只图玩，把小命也搭进去吧？看你这副模样，娘真不忍心看！听了母亲软弱无力的话，他知道她没有过分生气，他心里一阵得意。说：这样吧，娘，如果你不把这件事告诉爹，让我好好玩两周，过足了传奇瘾，我就再也不进网吧了，行吗？你敢保证两周后你真的就过足瘾了？当然了！他举起一个拳头向母亲发誓。好吧，既然你能保证做到，我就支持你，从明天开始啊，我每天给你送饭，怎样？不过我们可一定得说好，只两周时间哪！当然，当然只两周了！长了我还不想干呢！他理直气壮地说。母亲听后就走了。临走时还嘟囔了句：我可不想眼睁睁地看着我的宝贝儿子把命送进网吧！

第二天中午，母亲果真送来了饭。是那些他平时最爱吃的饭，酱油蘸芝麻饼、白糖加鸡蛋什么的。他一边吃着母亲送来的饭菜，一边继续他的网上传奇，体验着那种奇异而刺激的虚幻世界。

生活就这样持续着。他们的行为自然招来了不少看稀奇的人。可谁也不会明白他和母亲之间的约定。

两周时间一眨眼就过去了，母亲送饭的任务也要结束了。他还真有点后悔，当时怎么只和母亲定了两周的时间呢，要是更长些，该多好！不过面对天天为他送饭的母亲，他不好意思反悔。

他开始背着书包上学了。

老师的声音简直让他受不了。他在教室里坐卧不宁。他甚至连趴在桌子上睡觉的兴趣都没有了。

他又一次走进了网吧。为了不让母亲再次发现他，他为自己另找了一家没有挂牌子的新网吧。

可母亲还是发现了。

这次，她没有惊扰他。她悄悄地为他退了学，又为他悄悄地打点好了行装。

母亲把他转到了城里的一所重点中学。

他们在执着的较劲中办完了一切手续。母亲又去宿舍为他铺好了床，还和生活老师谈了好长时间的话。一切都安排妥当了，母亲说她该回家了。他送母亲出了校门。母亲临走时对他说：儿啊，我是背着你爹偷偷地把他积攒了多年的血汗钱拿来给你转的学。你知道，你爹他很不容易，他干的那份工作是连老命都提在手里的！早上下了煤窑，晚上能不能活着回来还说不定，我不想让他分心，也不想让他太失望……这个学校很难进，你是知道的，哦，要花好多的钱哩！本来我们是想用这点钱供你上大学的……现在，提前让你用了……

母亲说后就离开了。刚走了几步，她又停了下来，回头看了他一眼说：回去吧，外面的风很大，别送了，噢，对了，最后再叮咛你一件事，这个学校很严格，以后出校门可一定得给老师请假！母亲的手在空中挥了两下就转身走了。

这一瞬间，他真不知道该向母亲说点什么，看见母亲头上的一绺灰色的头发在风中猛然颤抖了一下，他不禁心里一揪，竟"哇"地叫了一声：娘——

久违了宝贝

阿丑离开村子的那天给自己取了一个堂而皇之的大名——胡周正。阿丑就踩着他的大名，离开了村子。

可阿丑从内心里并不喜欢胡周正这个大名。他觉得它很陌生。夜深人静时，他突然张开嘴巴叫自己的大名，却没人答应。

刚离开村子的那段日子里，阿丑还很随和。那时他还没有被提升，不定期地在一些干部学校接受培训。学友中总有几个熟悉他的人习惯地叫他小名阿丑，反而记不住他的大名。对于一个即将被委以大任的阿丑来说，他没有过分地对自己有这么一个俗气的小名而自卑，相反，他很自信。这也难怪，他成熟而刚毅，眉宇间英姿勃发，给人一种不怒自威的感觉。他明白这个平庸的小名一定会慢慢地离他远去。

果真如此，不久，连大名都没人叫他了。他就有了一个称谓。称谓很响亮，把他的大名小名全都遮盖得一干二净。不过阿丑的称谓会常常变化，过不了几年就变化一次，他刚习惯了什么"处"，却突然变成了什么"总"，他刚习惯了什么"总"，却又变成了什么"长"。最后又定格在了"书记"上。渐渐地，他习惯了人们对他"书记"这一职务的称谓，也乐于别人这么叫他。书记听起来不仅高雅，给人一种高高在上的感觉，更重要的是省心，谁叫了都不用应答，看一眼或点个头就表示答应了。

阿丑带着自己响亮的称谓吃美食、坐豪车、还换了一位年轻的妻子。

就在那个夏季，书记管辖的一个镇遭遇了洪水的袭击。他便带着一批人马前去救灾。当他把一桶油和一袋大米发给一个失去双亲的小男孩时，他问起了男孩的名字。男孩说他叫阿丑。阿丑！书记心里"咯噔"一声。他本来要安慰一下男孩的，可此时却一句话也没说出来，他就象征性地抚摩了一下男孩的头。

这个孩子像一面镜子一样让他照见了童年的自己。当年，自己的父母也是被泥石流夺去生命的。如果他不是贪玩，去了村头小朋友家，他早就跟着父母一同归西了。

那一夜，书记没有睡好觉。他决定给那个镇再拨一笔救灾款。当这个想法刚刚产生时，他就接到了去市里开会的通知。这个会让书记再也没有回来。他阴差阳错地卷进了一桩经济案。审讯室里，书记的所有称谓统统消失了，只有胡周正这个大名一次又一次地被提来提去，时间一长，他就有些麻木，他觉得胡周正那个名字只是个代码，好像与自己没有多大的关系。

书记的案子很长一段时间后才有了了结。他获释了。但书记从此就患了病。他病得很重。他想，这下可能真的挨不过去了。医生护士天天照顾着他，给他打针吃药，但他的病一直不见好转，他仍然觉得眼前一片虚无，茫茫然不知身在何处。

病房后面不远处有一户人家。有个老婆婆每天夜里都拖着长长的声调呼唤一个叫阿丑的名字。"阿丑——阿丑——"，声音时高时低，时强时弱，充满着温柔的母性。呼唤声一旦传来，书记浑浊的眼睛就有了亮光。有一次，他竟然经不住呼唤，还一个人下了床，站在窗户边静静地听了起来。他不知道这个阿丑到底是老婆婆的什么人。她为什么总在夜里才呼唤他。终于在一个夜里，老婆婆的声音变成了一片欢叫，她失踪了好长时间的阿丑回来了！

原来，阿丑是她的一只爱狗。

书记热泪滂沱。他突然发现自己的名字已"消失"了近三十年。由于职位的缘故，没有人敢叫他的原名，只有"书记"等一系列高贵的代号。而窗外那个老婆婆的声音让他想起自己的名字叫"阿丑"，尽管她呼唤的是一只狗，却让他忆起了真正的自己。他仿佛第一次用自己的手摸到自己的心脏。久违了，那个真正的阿丑！

阿丑的身体就在这一刻开始有了变化。他的脸上出现了亮光，生命好像获得了重生。他渐渐康复了。

阿丑康复了。

康复了的阿丑说什么也不愿住在城里。他搬回了乡下老家，并永远地定居在那里。

老师你能抱我一下吗

他很小就患有疝气，这种病哭不得，所以大人们就尽量不让他哭，也就为此设法满足他的一切要求。

他仿佛也是一个被命运诅咒了的孩子，三岁时，上天就带走了他的妈妈，他被托付给保姆照看。他无拘无束，野草一样疯长。他打骂小伙伴，抢他们的玩具，损坏他们的东西。他那样为所欲为似乎并没什么大碍，因为他的保姆会替他摆平一切。她善于向别人说软话，喜欢提着钱袋跟在他的身后给别人赔款道歉。他觉得这一切很好玩，因此，当他感到周围的世界太过平静的时候，他就要闹出一点动静来，他竟无缘无故地打落了一个小女孩的小门牙。

这个大名鼎鼎的孩子在校内外声名远扬。他把老师们的头弄得很大。没有一个班主任愿意接纳他，他像一只皮球一样被从一个班抛到另一个班。无奈，年级主任采用抓阄儿的方法来确认他的班主任。他的命运不错，被一个美丽、和蔼可亲的女老师抓了去。

他依旧我行我素，夜晚在网吧里激战，白天在教室里酣睡。他打了不少人，也被不少人打过。这一次，他的伤势不轻，他的头被打了一个窟窿，让医生缝了好几针。他头上扎着绷带，戴着一个脏兮兮的黄军帽，像一名从战场上归来的伤员，教室里响起一阵巨大的哄笑声。

老师轻轻地走到他跟前，微笑着说：小强，今晚教室里很闷，我们出去透透风好吗？他跟着老师走出教室，来到校园边的草地旁。老师抬起手，轻轻地揭开他头上的黄军帽，问：疼吗，你真让我心疼！老师手上的温度烫得他的心一热，生命中，他第一次感受到这样的抚摩，第一次听到这么顺耳的话。他抬头看老师，感到自己的眼圈竟热了一下，但他没有掉眼泪。

多年来，从来没人问过他哪里疼不疼，舒服不舒服，也没人叫他的乳名，连那个保姆喊他时也只是：喂！同伴们总给他取难听的外号，什么"狗都嫌"、"犯人坯"，怎么难听怎么叫。谁打了他、骂了他，都是他自己冲上去解决。而那个保姆只管做好吃的陪他吃，吃饱喝足了就卧在沙发里养膘，然后找机会给他爸爸打电话，说儿子又惹了祸，需要更多的赔偿费。于是，他变成了一只好斗的小公鸡，他通过不停地惹麻烦来换取爸爸的电话。他喜欢听爸爸发脾气的声音，只要爸爸生气，他就觉得很得意。而今夜，老师这么一个轻轻的抚摩、一句简单的问候竟触动了他一贯坚硬的神经。夜色里，他看见老师的眼睛像天上的星星，正散发着柔和的光芒。

又是一个炎热的下午，他被几个网吧里的小混混追到学校。一场混战就在教室门口展开了。老师及时赶来，她用双臂严严实实地护佑着他，像一只牢牢保护小鸡的母鸡，老师替他挨了一顿痛打。

几天后，他由爸爸领到老师家里。爸爸让他向老师道歉，他不肯，笔直地站在老师面前，两眼红红的。许久，他收回双腿，给老师行了一个标准的军礼。他给老师唱了一首歌，他把《祝你生日快乐》那首歌的歌词改成了"祝你早日康复"。他唱得很深情。歌声湿润了老师的眼睛。

冬天里的第一场雪来临时，他的一篇名为《老师的那双手》的作文在市里获了二等奖，居然有三百元钱的奖金。

花钱无数的他在拿到这三百元的奖励时，感到那段懵懂叛逆的日子在一点一点远去。

圣诞节来临时，他走进一家商场，精心地选购了一条红红亮亮的围巾。

圣诞节早上，他来到老师必经的那个路口。老师被他的突然出现吓了一跳，以为他又惹了祸。这时，一团绵茸茸的、火热般的围巾立即挂到她的脖子上。他凑到她耳前，悄声地说：老师，你能抱我一下吗？很久了，我一直想让一个妈妈抱一下，可一直没等来……

老师不顾身边的人来车往，一下子拥住了他，把一张泪光满面的脸贴到他温热的小脸上。

从今天起，如果你愿意，老师天天抱你一下，好吗，小强……

外婆的魔力盒

六岁那年。我头上长了水疮。一头乌黑的头发被外婆给剃了个精光。满是疮疤的头上涂了一层厚厚的药膏，为了遮羞，大热天还得戴那种男孩戴的黄军帽。我不能上学，也不敢和小朋友们在一起玩。他们说我头上的疤会给他们传染，所以个个都躲着我。每次我走近他们时，就有一个小孩大喊一声："快跑啊，赖疮疤来了。"他们一哄而散，留下我孤零零一人。孤独的我像一只离群索居的小狼崽。我以为，我头上的疤永远都不会好了，就整天一个人躲在角落里偷偷地哭。

那天晚上，外婆为我擦了擦脸上的泪水，拉着我的手，把我带到了她的睡房。她从立柜的顶部取下了一只小木盒。那是一只小小的、普通的黑色木盒，上面镶嵌着几个小贝壳。我知道那只小木盒是外婆平时装零碎物品的，如一串珠子、几枚铜币、几根银链子什么的。位置放得很高，小孩是够不着的。她取下小木盒，打开小锁，拿在手里，凑到我的耳边悄声地说："玲玲，答应我守住这个秘密，这里面有一枚银币，它的正面是龙旗，背面是字，是你外公祖上传下来的，它可以判断人们的运气，满足人的愿望，许多年以来，我一直没有舍得用它。今天，我要为我们家的宝贝玲玲第一次使用了。现在我们抛起它，如果落下去是龙旗朝上，就预示着你乞求的事情能够实现；如果是文字朝上，就与愿望相反。"说完后，外婆就紧闭双眼，嘴里咕里咕嘟地说了些什么，然后睁开眼睛说："让我们家玲玲的头一个星期后恢复完好。"

我的心一下子提到了嗓子眼上，我迫不及待地等待着那决定命运的一瞬间到来。

外婆抛起银币，那银币在空中亮亮地一闪就落在地上，我定睛一看，大叫一声："是龙旗。"

外婆一把收起银币，她对我说："咱们如愿了。"

"我的头一个星期就好了，我的头一个星期就好了！"我一边大喊，一边冲出房门，心里一阵轻松与喜悦。

十二岁上六年级那年，我有幸参加了市里举办的少年数学奥林匹克竞赛。我平时虽然数学成绩很好，而且学习上喜欢动脑筋，可这么大的阵势和这么正规的比赛我以前从没有参加过。这可是我生命中所遇见的一件大事，我既激动又紧张。据说那些对手既聪明好学，又见过世面，有些还是科学家和工程师的后代，我们这些乡里来的学生与他们竞赛，吓都吓坏了，还说竞赛得胜呢。我心急如焚，晚上在床上辗转反侧。我一连几天都不大讲话，连饭也吃不下。一天晚上，外婆走向我说："咱们去抛掷银币吧。"

外婆仍像我小时候那样，闭着眼睛，嘴里咕里咕嘟了一阵，然后大声说："沉着冷静，比赛获胜。"

尽管我对这次银币的魔力已经半信半疑了，可当我耳朵听到"当啷"一声响之后，还是不由自主地大声说出："是龙旗。"外婆在我耳边说："银币从不撒谎。"

第二天早上课间操时，我的数学老师把我叫到一旁说让我积极准备，发挥优势，争取赛出好成绩，为学校争光。

比赛日期到了。我信心十足地走进赛场，耳边不时地响起"沉着冷静，比赛获胜"，"魔力盒从不撒谎"那两句话。和我参加第一轮预赛的是一位胖女孩和一位高个子男孩。这两位反应能力不算特别敏捷，经过一番对抗之后，很快就败下了阵，我轻松地进入了决赛。决赛中，我想我有魔力盒护航保驾，所以信心十足；决赛的题目刁难古怪，难度也相当大，我用老师教给我的保险绝招，一步一步，由内到外，精心思考，用尽全力，予以彻底解决。这次比赛，我获得了金奖。

当我把奖品交给外婆时，外婆会心地笑了。我却一头扑进她的怀里哭起来。老半天，才慢慢地说了一句话："银币从不撒谎！"

十六岁生日那天，是我生命中最难挨的日子。那日，乌云笼罩着整个天空，天又下起了雨。我坐在外婆的病床前，等待外婆苏醒。外婆已昏迷很久了，癌症细胞已侵入了外婆身体的每一个角落。几小时后，她终于醒过来了。她睁开干涩的眼睛，望了我许久，终于说出了一句含混不清的话："你来这里干吗，怎么不去上学？"

我靠近她，紧紧地握住她又瘦又黄的手，强忍着泪水说："我来是想让您帮我个忙，外婆，我想让您打开这个盒子，让我来求求那块银币，叫它使您的病快点好起来。它还没有拒绝过我们呢，还有第三个愿望没有满足我们呢，外婆，我求求您了，行吗？……"

我从包里取出小木盒，放到她的手边，外婆看了一眼那盒子，她在身上摸索着寻找钥匙，半响，才断断续续地说："那个银币其实不能……"她的声音变得越来越小，似乎卡到喉咙里了。我从外婆手里掏出钥匙，打开木盒，取出银币，我看都没看，就学着外婆以前的模样，嘴里咕嘟咕嘟了一会儿，以一个十六岁的女孩极度渴望这枚银币能够真正显出魔力的一颗虔诚的心念出了一句话："外婆一个星期之内便可痊愈。"

银币抛出，龙旗向上，我心里充满了无限期盼。

可是，就在那天夜里，外婆走完了她七十五岁的生命历程，去了，嘴角上挂着一丝微笑。

我手里反复地搓摩着那枚两面都铸着龙旗的银币，沉浸在悲哀的沉思之中。

守 夜

那一年，天气冷得快，还没入冬，就下了一场雪。

雪刚停，娘就扛着一根竹竿，扯着嗓子赶核桃树上的红嘴鸟，还吆喝着爹赶快把挂在树上的几十串柿饼取下来。柿饼还没有晾好，就让红嘴鸟糟蹋了不少，娘很心疼。

我和爹把那些柿饼一串一串地取下来，然后又挂在屋檐下。那时的柿饼还没有成为柿饼，稀软的，刚变了色，需要挂在屋檐下收潮，然后才能摘下来，一个个捏成正式的柿饼。我和爹忙了一早上才把柿饼挂到屋檐下，挂了整整齐齐的两大排。

娘对我说，只要你手脚勤，把柿捏白了，卖个好价钱，我就给你买一双运动鞋。娘说，运动鞋又涨价了，得涨块五呢！娘说完就回屋里给我的两个双胞胎弟弟喂饭去了。

娘前年冬天生下了一对双胞胎，娘说，这两个小家伙特别捞饭，吃奶使劲得很，简直能要了她的命。娘为此想尽办法给他们俩找吃的。娘有一次把邻居家一只淹死在厕所里的小公鸡都捞出来，洗净炖成汤，让两个弟弟喝了。

而我一直盼望的是能拥有一双运动鞋。上次体育课上，老师说我的跳高潜力很大，让我一定买一双运动鞋。我把屋檐下挂着的两排柿饼盯了好长时间。

可就在第二天早上，一件奇怪的事发生了：屋檐下两排柿饼的下半部分不声不响地消失了。爹和娘开门后都惊讶得立在那里。

谁眼皮子这么浅，一点柿饼都看上了？娘嘟哝道。

爹对昨晚的失盗行为进行了一番观察，他得出结论说，这好像不是人干的。娘说：不是人干的，是啥干的，除了人，谁还能干出这种事？娘很生气。

爹转身走了。当天晚上，爹悄悄给我说他制定了一个秘密计划，他决定和我在夜里一同抓贼。爹说，村子里的饿鬼多得很，他想抓一个看个究竟。那是个饥饿的年代，许多人晚上睡觉时，肚子都是空的。爹把门附近一个堆放杂草的棚子收拾了一番。收拾后的棚子还不错，里面暖暖的，很舒适。当晚我们就躲了进来。

那是个有月亮的夜晚。月光很好，把周围的一切照得白亮白亮的。可我和爹没有把贼等来。第二天晚上也没有等来。我和爹都有些失望，我决定不再等贼了。爹说：凡事不过三，再等最后一个晚上！爹说后还在我的鼻子上刮了一下。我知道爹嫌一个人寂寞，于是决定陪他最后一个晚上。不过，那天晚上，我有点累，放学后在学校的操场上练了三个小时的跳高。所以进棚不久，就躺在草窝里睡着了。迷迷瞪瞪中听爹叫我：狗娃，贼来了！

我赶快爬起来，朝屋檐方向看去。朦胧的月光下，一个黑色的影子正往挂柿饼的墙壁上跳。它从老远的地方开始起跑，以最快的速度冲上墙壁，一只手搭在墙壁上，又用另一只手快速地把柿饼打下来。那跳跃的姿态跟我练跳高的姿态很像。影子重复着这样的动作，打下来不少柿饼。我悄悄问爹：那是什么人呀？爹说，那不是人，是一只狼！爹说着就操起身边的一根棍棒往外走。我急忙拦住爹说：等等，爹！再看看呀！

那只狼没有去吃它弄下来的柿饼，而是把它们叼到附近。不远处的地方，静静地蹲着两只小狼。它们在等着母亲。小狼们见到了食物，立即发出一阵愉快的欢叫声。

爹握棍的双手慢慢地松了下来，而我却把爹的手握得更紧了。可能是爹和我一同想起了炕上的母亲以及两个饥饿的弟弟。我和爹都没有用棍子去赶狼。

爹和我轻轻地打开了房门。

母亲和两个弟弟睡得正香。

第二天早上，爹把昨晚的事讲给娘听，娘听了就笑，爹也笑，屋里一片笑声。爹说：狼聪明得很，一旦饿了，啥都能学会。

狼从此再也没来叼过柿饼，而我却意外地得到了一双运动鞋。

我被县田径队选中，将代表本县参加开年后市里举办的春季运动会，田径队额外地奖励了我一双运动鞋。

外爷的气味

　　我是父母在那个特殊年代里生下来的，我一出世就成了革命的包袱。母亲背不起这个沉重的包袱，随之就将我交由远在乡下的外爷外婆抚养。

　　外爷住的村庄叫郭庄，周围到处都是大片的稻田和一望无际的荷叶池。当时，外爷在队里的主要任务是负责往水田里放水。我跟随在外爷的身后，白日帮外爷扛铁锨，晚上帮外爷照手电。一到春季，我总把小脚丫浸泡在清澈的水里，任鱼儿、蝌蚪在脚面上游来荡去。外爷把放水的任务完成后，总要坐在田间的小石墩上抽袋烟，每当这时，我总是乐意将头伸进外爷的怀里，闻他身上的那种泥土、荷叶、汗水及旱烟叶混合在一起的特殊气息。外爷身上的气味很浓，也很好闻，似乎还有一种催眠作用，使我经常在幸福的感受中喃喃入梦。外爷怕我着凉，往往用他那宽大的手掌轻拍一下我的屁股说："快起来，小狗，这狗娃咋在怀里睡着了呢！"

　　夏日的夜晚，我躺在外爷的怀里数天上的星星，外爷的故事比天上的星星还要多，那些故事大多都是他在战争年代亲身经历的。其中一个可能会被我永远地珍藏在记忆里。

　　外爷说："那年我被拉了壮丁，装在闷罐子火车里走了几天几夜，来到山西；一到山西，吃了顿发了霉的小米粥，就参加了部队整编，我被编在七连五排接受训练。一天夜里，我们接到作战命令，说是要去打小日本鬼子，兄弟们听说要打日本，个个摩拳擦掌。我们排的几十个兄弟埋伏在一个山冈上，等了一整夜都不见小日本的影子，可到天亮时，却突然从山谷底下露出了一长队鬼子。好家伙，老子终于等着你们了，我们抱着机枪猛射，不一会儿工夫，鬼子就横七竖八地倒了一地。下了山，我们个个渴得七窍冒烟，便分头去找水喝，我们到了一个老乡家里，家里没人，水缸里也没水，一个小兄弟在老乡的床底下找到了一罐水，兄弟们蜂拥而至，抢着喝罐里的水，一罐水很快就喝了个底朝天，待喝完再次回味时，才发觉嘴里有一股浓烈的臊臭味，原来我们喝的是一罐子尿。"

我仿佛闻到外爷身上有一股尿的臊味。"呀，外爷臭死了，臭死了。"我大声喊叫着，穿着外爷的大鞋，和小伙伴们喊着"冲呀杀呀"的，玩了起来。

我渐渐地长大，去了村外一所学校里上学，每天晚上回家都要经过一道很长的红土岩，那是个最令人毛骨悚然的地方，人们说，夜晚走到那里时经常会被迷狐子迷住，有时还会遭遇鬼撒土。白天我经过那里都吓得躲在大人的后面，更不用说到夜晚了。可就在那无数个夜里，每当我就要经过那片红土岩时，我老远就看见了岩洞下面那片柔和的灯火，并且还能闻到外爷身上散发出来的那股山野泥土的气息。

时光无情地消逝着，为了生活，我离开了外爷，去了城里。外爷身上的气味常常出现在我的梦里。一年中我总会尽量找出空闲，回乡里去看看外爷。我发觉外爷的生命之光已越来越微弱了。常年的行动不便导致他身上发出一股人们不愿接近的味道。舅妈每次走进他的房间都要首先打开窗户，并抱怨一句："怎么这么难闻呀？"每当这时，耳朵很背的外爷就像是一个做错事的孩子，怯怯地望着舅妈："娃，你说啥哩？"

我与外爷在一起度过了他生命中最后的一段日子。我明白这股难闻的气味是他长期不洗澡的缘故。我帮外爷沐浴身体、清理尘垢，我给他做他最爱吃的红烧肉，给他讲城里人的故事。外爷苍老的脸上慢慢洋溢出了喜悦的神色。有时兴奋时，他还能爆发出一声他年轻时曾有过的爽朗笑声，像个可爱的孩子。

外爷在一个冬季的深夜悄悄地走完了他八十五年的人生旅途。村里人都说外爷积修得好，走得干净，没遭多大的罪。

我把那件陪伴外爷度过生命最后时日的旧毛衣保存了下来。我把它高高地挂在衣柜的一角，每当思念外爷时，就拿出来闻一闻，童年时美好的影子就又一次出现在脑海里，让我欢乐，让我感慨，让我流泪，让我悲戚。

今天是外爷去世一周年的日子，我又一次取出那件发白的旧毛衣，看着看着，我突然有所感悟，我开始不再悲伤，我仿佛觉得外爷去了一个地方，这个地方就叫永恒。

相逢是首歌

在同学眼中，计算机老师是一个暴躁、冰冷、苛刻的人。我们上课快一个学期了，却从来没有见她笑过。大家都偷偷地说，这老师是标准的"更年期综合症"患者。后来就干脆称她为"灭绝师太"（金庸小说《倚天屠龙记》里的人物）。她身高一米七，戴着一副厚厚的茶色眼镜，永远都穿着一身白色的机房制服。刚进校那会儿，我们在路上曾经试图和她打招呼，但她最多只是"哼"一声，然后就裹着那身白色制服快步走开了。

上第一节微机课时，我们这些来自天南地北的学子都不知深浅，刚一开机就开始打游戏，和朋友聊起天来。老师发现后，立刻庄严宣布课堂纪律：严禁打游戏、上网、聊天，否则"后果很严重"。但似乎没有人在意她的话，仍然热火朝天地继续着自己的活动。老师终于忍不住了。她绕着机房转了一圈，将所有上网、打游戏的同学的机号（与学号对应）全部记录下来，并宣布，所有被记录的学生本学期计算机科目全部重修。这下大家可全都眼傻了。意识到了问题的严重性后，我们连忙向老师告饶，可她板着铁青的面孔，根本不领我们那一套，那种刀枪不入的神态倒是把我们给吓得退了回来。第二节课时，再也没有一个人敢做小动作了。

老师的声音很高，讲课的声音很洪亮，显得底气十足，也相当专业。虽然她总是板着脸，却也顶不住许多学生向她请教问题。她经常在教室内外为同学们答疑，课间也难以休息。一些准备考计算机二级的学生总围绕着她问问题，却都得到了她的耐心解说。她也经常因此而错过了坐校车回家的时间。我们学校在西安北郊，而她的家在南郊校本部。学生中受益者不少，却没有几个领她的情，依然称她"灭绝师太"。

那天早上的计算机课，我们去得比以往早些，"灭绝师太"却更早地去了。这次，她没有穿那套勒着身子的白色工作服，而换了一身色彩艳丽的毛料套裙。"啊！——"随着一声不约而同的惊叫，我们"灭绝师太"的脸上也微微地露出了一丝难得的笑意，这是我们第一次见她笑。原来她笑起来竟是那样生动、美丽。弥漫在教室里的雾气像突然见到阳光一样，一下子全消失了。

这节课一眨眼的工夫就没了。还剩下最后 15 分钟时，老师打开了一个命名为 my son 的 power point（演示文稿）文件，并一张张地为我们播放。那是一所外国大学校园的景致，里面不时地出现一个中国男孩。有人猜，这一定是她儿子吧。于是就有一个女生禁不住叫了一声："他长得好帅啊！"老师的脸顿时成了一朵盛开的花。她用轻柔的声音说："他是我的儿子，在美国亚利桑那州读 MBA。这些文稿都是他发回来的。我昨晚备课的时候做了个 power point，今天拿来给大家看看。"她又说："老师和同学们一样……都有孩子……"，我们禁不住一阵大笑，知道她想说些母子情深的话，可她从来就没有抒情过，所以话一出口就出了错。她接着说："原谅老师对你们的严格要求，这一学期来，我一直没给你们好脸色，甚至也没给你们笑过，因为我太了解你们了，微机课上哪个老师不严肃，你们就上哪个老师的头，我可不愿意让你们上我的头，我压根儿就反对谁在课堂上上网、聊天、打游戏。你们知道吗？我的儿子高中时就经常上网，最后连大学都没考上……后来我把他扭过来了，才有了今天的成绩。你们个个都是好样儿的，昨天的测试成绩就说明了这一点，你们在我的课堂上并没有虚度光阴。"

老师又停顿一下说："明天我就要回校本部，负责研究生班的课程。噢，对了，忘记告诉你们了，从我当老师的第一天起就给自己建立了一个教学珍藏箱。里面收藏了不少的好东西。谢谢你们给我'灭绝师太'这个称号，这个称号不错，我很喜欢。我将要把它收进我的珍藏箱里了……"

哈哈哈哈……

教室里又响起一阵笑，但笑声很快就僵住了。

学生默默地看着老师，老师也默默地望着学生。

那首《相逢是首歌》在一声甜美嗓音的领唱下，开始在教室里回荡起来：你曾对我说，相逢是首歌，分别是明天的路……

老师的眼睛有些湿润。

下课铃声就在这时响了。

蓝桥镇

朋友发来大红的请帖，说他要结婚了，让我去为他凑凑热闹。

朋友 36 岁这一年，第二次走进婚姻的殿堂，并且娶了个女镇长，还收获了一对现成的儿女。我在为朋友高兴的同时，又多出了一份前去蓝桥镇的激情。

蓝桥镇曾给我留下过一份特别的感情，少年时有三年的中学时光曾在那里度过。那时的小镇寂寞而空旷，周围没有太多的房子，只有大片大片空荡荡的土地和一大片古老的松树林，我和外婆就住在林子边的土房子里。那时，我的全部任务就是上学，回家，做一个乖孩子。外婆用教育女孩子的方式教育我，因此我变得淳朴而羞涩，不善于讲话。而学校里往往就是这样，你越不想说话，老师却偏偏选你去发言。那天下午，老师就选我去参加一场讨论会。

我发现我身边坐着一个和我一样不爱发言的女孩子。她竟然和我一样沉默。讨论会的主题我早已忘记，只记得那天只有我们俩没有发言。

讨论会在吵闹声里结束的时候，我的手被她轻轻地握了一下，感觉握我手的人就像一个老练的特工。我的掌心里多出了一张小纸片。

是什么让你如此沉默？一张小小的纸片、一句话我们就算认识了。以后的日子里，她常常找我玩，从侧面了解到她的名字叫灵芝，成绩总是第一名，而我相对差一点。

外婆对我身边突然多出的那个女孩子警觉了起来，可她也盯不住我的两条腿。那个春天里，我像一棵春笋呼啦一下长大了，长成了一个小男人，我勇敢地带灵芝去爬太白山。太白山是镇子附近最高的山。我们经过李白曾去过并留下名

29

篇的太白洞，一块巨大的石头上刻着李白的故事。我说，这个破地方，李白竟然来了三次。灵芝说，那可能是因为李白有个女朋友在这里。正说着，我们就看到一棵无名的树上挂着一个比篮球还大的褐色的球，灵芝问我那是什么？我说是个蜂窝。灵芝递给我一个石头，让我把它砸下来。其实她并不是实心让我砸的，蜂窝挂得很高，我的力气完全不及那个限度。这是后来灵芝才对我说的。可我当时不知道，我把她手中的石头投了出去。没想到，我并非刻意地一挥手，就砸掉了那个球的一大半；灵芝拍手大喊说，你真准哪！真厉害！灵芝哈哈地笑。灵芝的牙齿很白，笑起来的样子很好看。

很快，我们就听见空中仿佛有一架飞机飞了过来。灵芝说好像有飞机来了，因为那时正是春播季节，山上经常有播种机来飞播。我们仰着脸在天上搜寻，突然间就感到头和脸一阵火辣的刺痛，蜂啊！蜂来了！没想到，我轻轻地挥一挥衣袖会带来整个蜂群；我们一路狂奔下山，始终没有放开两人牵着的手。

满天都是密密麻麻的蜂，像是无处可逃，但最终还是连滚带爬逃到了山下，无数的蜂不依不饶地追了下来，在绝望的一瞬间，眼前突然出现了一潭泉水。我们一同跳了进去，水面上立即漂浮着一层密密的活蜂。灵芝的头发里也沾满了蜂，我不停地把蜂从她的头发里捋出来。

蜂群的数量慢慢地减了下来，可我们的感觉在一点点麻木，脑袋瓜子疼痛欲裂。灵芝问我，我们会不会死？我说，不会死！我非常肯定地说不会！其实我感到我正在一点点接近死亡。很快，我们被园林管理员发现了，他们把我们送到了镇里的医院。我们晕晕乎乎地在医院里挂了两个星期的吊瓶，我们的脸上已没有了眼睛。前来看望我们的同学在一边咯咯地笑，说，你俩的脑袋简直像两只铲了毛的猪头。我们的父母都赶到了医院。我母亲没有过分责备我，只是在我的眼睛还是两条缝的状态下，将我快速地转回了城里。

那年的春天，我明白了一个道理，衣袖是不能乱挥的，轻轻地一挥也不行……

我从此再也没有回过蓝桥镇。

所以，我这次来蓝桥镇也是为了回味我生命中那次深深的痛。

而今，蓝桥镇远非昔日的样子。楼群爬满了镇子的各个角落，就像当年爬在我们头上的蜂。车子在楼群里来回绕着。我按照朋友所说的路线寻找那座最豪华的楼。

　　那座漂亮的楼很快就找到了。楼前拥满了前来贺喜的客人。

　　朋友一边热情地迎接我，一边朝楼上的新娘喊："灵芝，客人来了!"

　　灵芝——新娘灵芝就出现在我面前。我的头在见到新娘的一瞬间竟然嗡地一下，感到好像有许多蜂追了上来。

　　我看见新娘瞪圆了一双惊讶的眼睛。

那双靴子

　　内蒙北边的二连浩特有个小镇名叫乌门扎得。每逢边贸集市日，来自哈萨克、乌克兰和俄罗斯等地的人都赶到那里做生意。

　　那一年，我也来到了乌门扎得这个小镇。时令已进入春天，可却看不到一点春天的景致。路边偶尔也挺立着几棵树，但都默默地簇拥在一起，没有任何绿意，只把细茸茸的枝干一起伸向灰色的天空。在那个一年四季见不到几滴雨的地方，人们的心情也似乎和那里的空气一样，显得异常干燥。

　　那个集市边有一条小巷，巷子不深，但都被一些杂货拥挤着。有个七十多岁的俄罗斯老太太正呆呆地坐在一个角落里卖靴子。头上裹着一大块麻灰色的花边围巾，灰白色的银发从披风中钻出来，十分醒目。她像一尊铜铸的雕像，一双灰色的眼睛在言语间还不时地露出光芒来。她的身边堆着一大堆军用靴，质量和款式都属上乘。我把手刚伸进靴子，心就咯噔了一下。这可是我生命中遇见的最高档的皮靴。前几年上美校那阵，就曾在一个博览会的展室里看到过这样皮质不错的军用靴，羊羔皮做的鞋帮，柔软而光滑，像人的皮肤；鞋头像铸铁一样坚硬，似乎抬脚踢死一头公牛都没有一点问题。那种靴子是我多年来的最爱，如果当年能穿上它，那我的艺术气息不知该有多浓。那样就更能拉大我和非艺术院校学生之间的距离。我看着老人，老人也看着我，还张开她没牙的嘴巴跟我笑。她高高举起一只枯枝般的手示意我五个手指头。我基本上明白了这双靴子的价格。我立即毫不犹豫地掏出了五元钱递给那个老人。老人接过钱正要说话，却被我一阵呜呜拉拉的话回绝了。其实我说的既不是汉语，也不是俄语。是我为了掩饰我的心虚，故意提高嗓门吓唬那个老太太的。因为我知道那双靴子的价值远远不止5

元钱。

　　其实我知道老人的意思。她要的价格肯定是 50 元。我才不想给她那么多。那个年月里，谁不骗老俄子谁就是大笨蛋。再说，我这样做也是为了报复，谁让那个俄罗斯男人把一双运动鞋挂在脖子上，满街游行，手里提着一个搪瓷盆，一路走一路敲着骂中国人，还在破鞋上写着一行"中国人是流氓"的字样；他说他用了一大筐的合金钻头才换回了一双中国造的运动鞋，结果只穿了一天就破了。原来那鞋是用纸做的。可鞋子的质量怎么和流氓挂上钩呢？我真想上去给那个老俄子一拳。因为任何人站在那片土地上时，他的民族尊严感都会变得敏锐而强烈！

　　我扔给了老太太 5 元钱，提着靴子，头也没回就走了。

　　回到旅馆，我就立即把那双靴子穿在脚上，还在镜子前拧了一圈又一圈。感觉真是棒极了。

　　黄昏时分，我出去吃饭，路过街角时，我又看见了那个俄罗斯老太太。她依然坐在那里，身边的靴子剩得不多了，却都被她紧紧地搂在怀里。她一边哭一边呜呜拉拉地说着谁也听不懂的话。围观的人多了起来，老太太乱了手脚，灰色的眼睛里流露出恐慌的光，像一只被人围困的老鹰。她身边堆着一堆五元面额的人民币，也有五角的。我想这一切都与她伸出的五个手指头有很大的关系。咋还有人比我更损的，竟然给了五角钱就拿了人家的靴子。

　　晚饭时，饭馆里好多人都在谈论那个老太太。看得出，他们和我一样，都是捡了便宜的人，可我的心却怎么也平静不起来，老太太的哭声在耳边总也挥之不去，我悄悄地拿着一个馒头离开了饭馆，我想把那个热馒头送给她，我还想再补给她点钱。

　　我急冲冲地赶到街角，老太太不在了，她身边的靴子也不见了。

　　一连几天，我都在寻找那个老太太。可连她的影子都没找见，我再也没看到过她。

　　我把那双靴子带回了家，我的心情发生了很大的变化。每当黄昏降临时，那个老太太的哭声总回响在我的耳边，让我不安。因此，我有了一种说不出的惆怅。这种惆怅折磨了我许多年。

　　我唯一的办法就是把它写出来，以示我对那位俄罗斯老人深深的忏悔。

软 肋

　　罗校长说：世界上的任何事和人一样，都有自己的软肋，只要你拿住了它的软肋，凡事都得按照你的意思往下走。罗校长又说：学校的软肋就是纪律。

　　几年前，英才中学来了一位罗校长，这位罗校长是一位专管纪律的校长。校长一上任就很严厉。他要求所有教职工都必须坐班，并且每天早上都必须提前20分钟到校。他在校办公室门口摆放着一张签字桌。桌子上放着一个厚厚的簿子，员工们上班时都要求在上面签名。按照学校规定，没能提前到校的人名字后面都要被划上一条红线。凡是被划过红线的人都必须写清没有提前到校的原因。校长说他要把这项内容作为考核每个员工年终奖惩的一个硬件。

　　一天早上，有个名叫杨阳的计算机教师和女朋友睡过了头，没有提前到校，结果被划了红线。计算机老师就在红线下面写了一行字：雾太大，车子骑翻了。谁知他刚写完，后面就有几个气喘吁吁的人也跟着前来签名。他们都在自己的红线下面写了"同上"两个字。

　　校长收回签字簿。他本来想一个个查清原因的。可又想秋季山区就是雾大，车子骑翻了也是可能的事，于是就没再追究。第二天早上，这个计算机教师不仅没能提前到校，而且还迟到了10分钟。他吓得出了一头冷汗。他喘着粗气，瞥了一眼签字簿，发现前面的人都写了"同上"二字，就不假思索地也在自己的红线下写了"同上"二字。他跑进办公室，刚坐下就被校长叫了去。被叫进去的人还真不少。杨阳因为迟到，连坐的资格都被剥夺了。校长正在训斥那些人，他洪亮的声音在办公室里回荡："你们的妻子怎么这么巧，全在今天早上生了孩子。如果这个比率再持续下去，不到两年，我们地球上的人口就该爆炸了！"然后把脸一转，走到杨阳跟前："这两个字是你签的吧？"校长一阵冷笑，指着签字簿上的字给杨阳看。杨阳这才仔细看他签过的字。原来，在他们最前面的那个人签的字是："今天早上我妻子生了孩子。"

校长把头转向杨阳："杨阳，荒唐！你去年才毕业，婚都没结，这妻子从何说起，咋还就这么巧也生孩子了？"

杨阳被校长训得面红耳赤，一句话都没说出来。

几个月后，学校又很快地出台了另外一套签字方案。也就是由原来的签字变成了按手印。签字桌上摆放的那个签字簿换成了一台电子仪器。这个仪器看上去像是个电子台历。每个员工都必须把自己的指纹存入仪器的电脑中，这样，员工到校后，只要用手指触摸一下仪器上的显示屏，电脑就会留下他的记录；这个签字仪器还有一个最大的优点，就是能对没有提前到校的人发出警告，警告他们说出没有提前到校的原因。只要你张开嘴巴发出声音，仪器就立即将你的原因记录下来。这样一来，就没有人再犯"同上"的错误了。也没有机会让其他人钻空子，让他人代替签到了。

很快，这个中学就成了先进学校。校长也成了先进校长。那个名叫杨阳的计算机老师由于三年来每天都能提前到校被评了三年模范教师，工资都长了一级呢！还被提升了，成了校长办公室主任。

许多人极其不服气，到校长那里告状。说他们经常看见杨阳迟到，可签字机上咋就显示不出他的迟到记录呢？这一定是杨阳自己搞的鬼，因为他是教计算机的，对这个懂行。校长严厉地斥责那些前来告状的人。他把桌子敲得嘭嘭响，说："你们谁不服气是吧？谁不服？不服你们谁也来搞个鬼让我看看！告诉你们吧，这台签字机就是杨阳改进发明的。他发明改进的机器给他开点绿灯，这是人之常情嘛！如果你们谁也能发明一个比这台签字机更先进的东西，我也让它天天给你们开绿灯，也提拔你们，给你们涨工资，如何？

大家都不敢说说话了。

勇 气

十年前，一位名叫王英凤的女人突然走进了人生的低谷。先是她所在的那家筷子厂倒闭，接着，便是自己的丈夫突然和另外一个女人私奔去了新疆，从此音讯全无。

面对一家老老小小嗷嗷待哺的嘴巴，王英凤捂着带伤的胸口，在镇子上办了一家手工小面馆。

她请不起帮厨，所以每天卖出去的碗数就非常有限。但她精心地做着她能卖出去的每一碗面。为了吸引顾客，她连碗筷的配备都十分讲究。一色的青花瓷碗，亮白如玉的象牙色筷子，还有她春风般的笑脸，很快就吸引了不少前来吃面的客人。可她做不出来更多的面，就不得不谢绝许多顾客。这样一来，等了许久，却吃不上面的人就朝她发火，有时还在外面高叫着她的名字，辱骂她。

王英凤无奈，只好将面馆扩大。

随着自己面馆的不断扩大，她附近几家面馆的生意却日渐萧条冷落起来。他们自然视她为眼中钉，恨不得早点拔掉她。

不久，王英凤面馆就接二连三地出问题。

开始是餐桌上的筷子经常无缘无故被折断；她的青花瓷碗上也经常出现许多缺口；接着就是厨房里时不时地发现死老鼠、死麻雀什么的。王英凤无声无息地处理了这一切恶作剧。

有一天，一个留着山羊胡的高个子男人气势汹汹地闯了进来。王英凤知道他也是开面馆的，只是生意不景气。她主动笑脸相迎，并亲自给他端来新沏的茶水。可这个高个子男人不屑于她的殷勤，还凶巴巴地对她说要吃她亲自做的牛肉杂汁面。

她和颜悦色地给他做了碗牛肉杂汁面，热情地递了上来。他吃了两口，突然"噗"地吐了出来，"啪"地一声，一拳砸在饭桌上："老板，你来看吧，你的面里长出什么来了？这是什么，说呀，这是什么东西？"高个子男人一阵冷笑。王英凤赶快跑来查看，她看见那碗里漂着一只醒目的苍蝇。

高个子男人的声音越来越高，一屋子的顾客们都抬起头向他张望。王英凤走上前，看了看碗里的苍蝇说："哦，我以为是什么呢，原来是颗花椒呀，对不起，这颗花椒炸过了，我替你吃了吧！"说完从容地挑起那只苍蝇送进自己的口中。并像吃一颗花椒那样把它吃了下去。

高个子男人哑口无言，只得一口一口地吃下了那碗面。

半年后，高个子男人主动请求把自己的面馆与王英凤的面馆合并，并且是无条件地赠送，连年终的分红也不肯要。王英凤就把高个子男人的面馆办成了一个分馆，并和他对半分利。

她给面馆取名为"添味"面馆。

又过了半年。高个子男人成了王英凤的丈夫。

新婚晚上，高个子男人搂着王英凤，说："在我走进你面馆的那一刻，我真恨死了你，当我把事先准备好的死苍蝇放进碗里时，我是准备和你大吵一场，扫扫你的威风。可我万万没有想到你有那个举动，看见你把死苍蝇像吃花椒一样吃下去时，我觉得我是一个不配活在世上的小人。谁有吃一只苍蝇的勇气呢？"

男人流下了泪。

王英凤擦着他的泪说："感谢你给我的面馆里增添了一道特殊的味道！"

王英凤和那个高个子男人携起手共同办起了面馆。

从此，"添味"面馆的名气在这个城里无人不晓。

拐杖爷爷

那时的冬天总是阴冷，通往学校的小路总是那样悠长。

八岁，一个拥有记忆、可以自主掌握记忆的年代。而占据我记忆中大片空间的只是那条脏脏的、灰色的小路，还有那冷冷的空气。

那一年，我是一个戴着小红帽的小女孩，穿着外婆给我缝的红棉袄。眼眸中显现的现实世界一派灰、黑、白，而我头上的小红帽如同雪夜里的一个小火笼，招惹了不少寒冷者的目光。

那个小红帽是外婆从一个寺院里求来的，如同一个护身符，护佑着我生命的安宁。

那一年的那个早上很寒冷，我背着一个鼓囊囊的书包去上学，小路上没有行人。我脚上的棉布鞋踏在路上没有任何声响。路边的草丛里常常会蹿出一条流浪的狗或一只流浪的猫，而那天早上，我却碰见了一只流浪的狼。

狼把它一只毛茸茸的前脚搭上了我的书包，又搭上了我的小红帽。我以为是一只狗闻到了我书包里炒豌豆的香，我回目凝望，却看见了一个如同山洞一样的嘴巴。

一声凄厉的惨叫后，我的记忆全无。

第二天，我在外婆的叫魂声中醒了过来。我第一眼看到的是一位老人，他手里握着一只黑红色的拐杖，还有我的小红帽。外婆说：他是你的救命恩人，快叫声爷爷！

我的生命里从此就有了一个拄着拐杖的爷爷。他每天早上都会出现在我遇险的那个路口，等待我的到来。"上学呀？"拐杖爷爷总这么问。"我给你背书包，你给我拿拐杖，好吗？"我背上的书包立即就被一只干瘦的手接了下来，那只光滑、带着体温的拐杖就塞进了我的手里。拐杖爷爷每次说完后总要干咳一声，仿佛那就是对我的问候。

你的书包里装的不全是书吧？他问。嗯，不是，我的书让同学给撕了。包里只有本子和炒豌豆。这些炒豌豆是干啥用的？噢，是送我们班长的，他骂我是狗崽子，有时还打我。可他爱吃豌豆，吃了豌豆就只顾坐在那里放屁，就不再骂我，也不会再打我了。我支支吾吾地说。拐杖爷爷听后一愣："你爸爸妈妈去哪里了？""外婆说他们改造去了。"拐杖爷爷没有说话，只是又干咳了一声，并立即将我的手抓进了他的手心。他蹲下身子，让我爬上他的背。他说他想背着我走一程，这样我们俩都感觉不到寒冷。

我听到他从胸口里吐出了一声长长的叹息。从那以后，他的身边就走着一个歪歪斜斜的小女孩。我的手有时抓着他的衣襟，有时挂在他的胳膊里，我们一老一小，晃荡着，走在黎明前的黑暗里。

那个冬天好像过得很快，脚下延伸的那条小路似乎也不再那样的悠长。

我是在一个黑糊糊的早上被外婆从炕上拽起来的。外婆的眼睛红红的，她显然在前一天夜里哭过。她经常在无人的拐角用衣襟擦眼泪。外婆说："我们家本来就够黑了，又遇见了一个黑煤球！这些工作组的干部也真狠心的，连老头和小孩都不肯放过。"外婆有点自言自语。谁是黑煤球啊？我迷迷糊糊地问。外婆说："春天了，天长了，路上也不可能再有狼，以后你就一个人走吧，那个老头是'黑帮'。"外婆一直没有给我解释什么叫黑帮，而我从此却再也没有碰见过那个拄着拐杖的爷爷。

在懵懵懂懂的记忆里，我像一只被遗弃的狗一样孤独寂寞。我经常一个人在路口站立许久，直到落日下的一切都变得模糊。

那个老人成了我永远的心痛。我怎么没问过他住哪里呢？我甚至连打听他的勇气都不敢有。我们脚下走过的那条小路不久就铺上了水泥，我好像又大了一岁。我在白得耀眼的水泥路上沙沙而行。

那个春天似乎提前到了，天色亮得人心澄澈，田野里的风夹杂着野草的清香一股一股地扑向我的脸。那股清香的风还带回了我的爸爸和妈妈。爸爸给我的见面礼是个好消息：拐杖爷爷到了一个好去处。拐杖爷爷被飞机接走了，接到了北京。

　　我悄悄地站在我和拐杖爷爷曾经走过的路口，张开手臂，竭尽所能，拥抱一切过往的风。

同学孙燕

听了孙燕带着她一个班的学生去省城吃了顿麦当劳的消息后，我立刻就想去采访她。

孙燕是我大学时的同学。那时的她就像是生活中的一只笨鸟，女孩子该讲究的她都不会。不会打扮，也不爱说话，更不会叽叽喳喳、一惊一乍地狂呼乱叫。可她只爱两种东西：一个是学习，一个是微笑。仅凭这两点，喜爱她的人自然就不少。

比如我们系的那个年轻辅导员，经常借辅导之际给她大献殷勤，并且强烈要求她留校。而她却用足够的微笑报答了他的好意后，就再也没有了下文。

不久，孙燕主动要求进入了西部山区的一个中学。

多数人疑惑不解。这孙燕的病的确不轻！

其实别人身上的一时冲动体现在孙燕身上的恰恰是一份执著。这份执著起源于她实习课堂上碰见的一个小女孩。

实习课上，她给学生讲欧洲、讲法国、讲巴黎，还因此讲到了法国的香水。有个小女孩举起小手问：老师，您用过法国香水吗？孙燕低着头，想了一下，说：没有。谁知过了几天，那个小女孩竟然送给了她一瓶。孙燕很惊讶，问：你怎么买得起这个？小女孩说：其实法国香水一点也不贵，才五块钱就能买到，是我让妈妈买的。老师，您闻闻，法国香水就是香。孙燕查看着香水，原来这是一瓶法国香型的花露水。孙燕把香水放在鼻子上闻，闻了个泪雨滂沱。

从此，孙燕做出了要和孩子们永远在一起的决定。就这样，毕业后的孙燕一头扎进了西部山区。

山区的教学条件是有限的，山区的孩子是没见过世面的。孙燕经常为自己力不从心的教学而难过不已。

一次，孙燕给学生讲《第一家麦当劳餐馆》，全班学生中没有一个见过麦当劳的。孙燕就在黑板上画了个巨大的汉堡包。黑板上的汉堡包加上她精美的描述后仿佛发出了一缕缕的香味，学生们个个禁不住地流下了口水。孙燕觉得有点难为情，她作出决定，准备带这些孩子去见识一下这个在城市孩子眼里很普通而我们山里的孩子还没见过的洋快餐。孙燕果真做了。她取出了自己半年的积蓄，把四十多个孩子浩浩荡荡地带进省城的一家麦当劳，鼓励孩子们说："吃吧！孩子们，放开吃，老师比你们富裕！"

我是从一些同学那里断断续续听到这件事的。教师节来临时，报社要报道一些教师的先进事迹。所以我就立马想到孙燕。

可和孙燕面对面一交谈，孙燕把头一扭，立刻给我翻脸。说要是这么做就坚决不认我这个同学了。我让她吓了一跳。无奈，就只好答应她不再写她，也不报道她，全当是一次同学见面，这样该行吧？

孙燕这才笑了。我们的咖啡杯不由自主地碰在了一起。

我问孙燕，带学生去省城吃麦当劳的事学校知道不知道，她说开始不知道，她用的是周末，不过后来知道了，挨了校长一顿批，还差点受了处分，校长说那种不经过学校同意就私自带学生外出的行为是违反校规的。

孙燕放下咖啡杯，撩了撩轻轻垂落的发丝，留给了我一个清清朗朗的微笑。

底 色

在公司众多的靓丽女子中，萌是最不起眼的一个。

她穿着简单，也不善于说好听的话，自然也吸引不住男人的目光。萌已经习惯了为那些漂亮姐妹做配角的生活。

这些女子中，多半以上都属于风情万种之人，个个身怀讨男人欢心的秘籍。她们总是受到各种各样男子的青睐。他们迷恋于她们的美色、她们的热情以及她们轻佻的、烈焰一般的语言。而萌只是躲在一个不起眼的角落里静静地注视着她们。她也常常羡慕她们，为她们的幸福喜悦过，也为她们的痛苦流过泪。

她们也时常被萌的善良打动，不时地把自己和男朋友吃过的美味打包回来给她吃，偶尔也送她一件过时的衣服或者一件多余的饰物。萌只是感激一番她们的好意，但并不愿意去接受这份馈赠。她想：反正没人在意我，我也不必要费尽心思来打扮自己，只要过得去就可以了！

所以，当别的女子像花别人的钞票那样花费自己的青春时，她只能静静地呆在角落里干自己那份和她一样不起眼的工作——复印文件、收发传真、掌管那个小得可怜的图书间。闲来没事的时候，她就看书，也写点东西。为了使自己愉悦，她把自己幻想的生活写了下来。

她幻想着自己和姐妹们一样漂亮，一样迷人，一样受到男人们的呵护和爱戴。她幻想着自己也生活在一个粉红色的世界里……当她在幻想的世界中徜徉时，那些迷人的小故事像精灵一样爬上了她的笔端，她像迎接天使那样把它们迎进她那个厚厚的笔记本里。

43

这个不大不小的公司里，不知什么时候竟出没着一个园丁模样的人。他时而出现，时而消失的身影一点也没引起人们的关注，而那些叽叽喳喳的靓丽女子对他更是不愿多看一眼，因为他总是那么寒酸，脚上的那双破靴子让人联想起他一定是老总的穷亲戚，一个讨吃讨喝的乞丐。可萌对他却格外地好！她为他泡热茶，为他削水果，还把他迎进她的图书间看书，她还给他讲她自己写的那些幻想故事。她对他体贴而随意。萌第一次体会到生命中竟有一个人不嫌弃她，能不厌其烦地听她写的那些海阔天空的故事。她很是感激，脸上洋溢着温润的笑。

这个园丁模样的男人有一次在园子里闲逛时，随手把身边的一朵玫瑰摘下来，送给了迎面而来的萌。当萌红着脸接下这朵玫瑰时，她身边就爆发出了一阵刺耳的嘲笑：呀，终于有人给我们的灰姑娘送玫瑰了！呀！随手摘来的玫瑰算什么能耐呀，要送就去花店里买一大捆才算数呢！

除了嘲笑，更多的是不屑一顾。和她们身边那些阔绰的男子送的金银珠宝比起来，这个园丁模样的人的玫瑰真是不值一提。一个刚上班不久的女子揭起长裙，给萌显示她的鞋子：看看吧，萌，这双鞋子怎样？一个香港老板送的，5000元港币呢！吓晕了不是？她把脚跷得老高老高。萌无语，只是低着头，红着脸，看她手中的那朵玫瑰。

这朵随手摘来的玫瑰把萌心湖中的那江春水搅开了。萌开始慢慢地学着打扮起自己来。

萌已经有好长时间不曾见过那个园丁模样的人了。她的心里有了一丝丝的惆怅。她准备再次走进她的幻想世界，只有那个天地能给她慰藉。

萌就在这一刻接到了一个香港来的电话。那个电话给她带来的惊恐无异于一枚重型炮弹。

一个拥有公司百分之八十股份的董事——那个园丁模样的男人——庄严地向她求婚了！

那个在商界叱咤风云却在婚姻的海洋上一再翻船的园丁模样的人是为了散心才以"微服私访"的形式来到大陆公司的，没想到漂浮的双脚竟驻扎在了这个不起眼的萌的跟前。他深深地爱上了萌。

"有一种美是永远不会褪色的！它来自于善良的心灵和聪明的脑袋！所以萌的美将永远不会褪色！"这是那个园丁模样的董事长在他和萌的婚礼上说的一

番话。

　　时隔多年，当董事长携着娇小的萌再次来到大陆时，萌已经是一个名气不小的作家了。她写的那些幻想故事给他们的生活增添着无尽的乐趣。

　　萌的脸上竟然出现了昔日不曾有过的美丽容颜。

　　萌在爱情的滋润下越发光彩迷人。

七十岁的生命

凯瑞从大洋彼岸打来电话说她要结婚了。

凯瑞今年七十岁了。她是个英国人，是来我们学校支教的志愿者，蓝眼睛、黄头发，像外国电影里时常出现的明星。

凯瑞的年龄的确不小了，可她看上去一点都不像上了岁数的人。她常说她的胸膛里正跳动着一个二十岁的年轻心脏。这也难怪，谁也没有把她当成一个老人看待，她身轻似燕，走起路来风风火火的，一般年轻人竟难以跟上。凯瑞的言行安慰着我们每一个上了点年纪的女人，尽管我们都没有她那么轻盈。

凯瑞是在三八节这天来到中国的。我们组织了一帮女教师为她接风。她高兴得直叫，说要带一瓶威斯忌酒来，我们翘首以待，可饭已经开吃了，却不见她拿出酒来，有人就耐不住问：凯瑞，你的酒呢？她才把手塞进怀里去摸，摸了半天才摸出来，原来凯瑞的酒只有一个香水瓶子那么大。啊！在座的人一阵惊叫，可凯瑞一点也没觉得不正常。她用筷子夹起一节鳝鱼说：这个鳝鱼是母鳝鱼。又夹起另一节鳝鱼说：这条是公的。大家就问她怎么判别鳝鱼的公母，她说：这个简单呀，看，身子挺得笔直的是公的；弯曲着身子的是母的，因为她们有了身孕，在临死的时候也没有忘记保护自己的子女。大家都站起身查看盘子的鳝鱼，果真如此，有的笔直，有的弯曲。大家惊叫着，都抢着挑吃挺着身子的公鱼，因为三八是个特殊的日子，让人禁不住地去同情母性。凯瑞就这样进入了我们系，进入了我们师生间的生活。

凯瑞生活是完全不讲究的。厨房里几乎没有什么调味品，饭菜也简单，只要有点油和盐就行。也不按照正常西方人的饮食习惯，早餐时用火腿、牛奶、鸡蛋和面包把肚子塞得严严实实的。相反，她早餐吃得很少，她说早餐不能吃得太多，吃多了，就会变得又胖又老。

她说她曾经是研究儿童营养学的。时间长了，就执行起了儿童营养的标准，直到现在都改不掉。

怪不得她的心脏也一直不见老呢！

凯瑞一生从事过多项职业。除了研究儿童营养学外，她在临终关怀医院里做过护士、去非洲扶助过快要饿死的黑人孤儿。凯瑞说后指着额头上一道道皱纹说：看，我所经历的一切，额头上都替我记载下来了。然后一阵爽朗的笑，搂着几个额头光洁的丫头说：你们可别嫉妒哟，皱纹可是硬功夫，不是想要就能得到的，得一点一点地往出长！

"哈哈哈"！和凯瑞在一起的时候，总让人笑得直不起腰，使人想起餐桌盘子里的母鳝鱼。

她还抱怨自己额头上的皱纹不够深，说自己没有历练到位。

凯瑞的话极大地鼓舞着我们这些脸上不再光堂的女人。我们都学着她的样子，大大方方地对着太阳开怀大笑，我们不必要为了怕脸上长出一点皱纹就吓得要命，跑美容店，跑化妆品店，想尽心思，用各种美容膏来遮遮掩掩。我们的性情开朗了许多。

凯瑞竟在一个"艾滋病"日到来时，把我们系里的女师生关了满满一个屋子。她从包里取出了一大包避孕套，给我们做着示范动作。小女生们被羞得个个脸上像蒙了一层红布。有的把头伸进桌斗里不敢出来。凯瑞大声说："孩子们，勇敢地抬起你们的头吧，人生没有什么羞耻的事，除非你背叛了自己的良心。"凯瑞的一声叫把低垂的头顿时拉得笔直。只见凯瑞的脸上一片凝重："孩子们，不要以为没有发生在自己身上的事就不存在；不要以为死亡总是别人的事；艾滋病的魔爪曾经伸进了我的家庭，它抓去了我的丈夫、我的女儿，把我一个人孤零零地留在这个世上……"凯瑞讲着讲着就流下了眼泪。我们都不敢相信这么乐观开朗的凯瑞竟会流眼泪。我们的心里也都不是滋味。

凯瑞说这是最后一次课了，明天她就要回国，她的丈夫和女儿都是在圣诞节前夕离开人世的，她要回去祭奠他们。

凯瑞没让我们为她送行，就悄然离去了。她像一颗流星，给我们留下美丽的一瞥。

新学期开始了，我们没有等来凯瑞，却等来了她远在大洋彼岸的电话，凯瑞兴奋得声音有些战栗。她说："生命从七十岁开始，我要结婚了！"

长城谣

长城长，长城长

十万役夫泪汪汪

离家出走千千日

荒了地，塌了房

苦了你的妻和娘

到死不得回故乡……

为什么这首歌谣如此伤感凄凉？

你从砖砾中扒出一具尸骨，用一掬掬清泪清洗着上面乌黑的泥土，抚慰着死者的亡灵，使之得以安心地沉眠到永久；而你一声声惊天动地的哭喊，震得那个坚如磐石的朝代一阵风雨飘摇。

岁月悠悠。如今，你的英名守候着一个空旷寂寥的寺院，落寞孤寂。只有你面前流淌着的这条漆水河还在低声地呜咽，仿佛还在吟唱着那首亘古不变的歌谣。

史海滔滔，缕缕时光载着悠悠的情思，投给你丝丝断想。你看见那些身穿漆黑色铁甲的武士石雕般地伫立在沿途的工地上，褴褛的旗帜飘在凄厉的风里。你分明看见大帐内的那位将军，他那张瘦长的脸上布满了疲倦和无奈的表情。那时，他对来自任何一方的紧要军机情报不屑一顾，所有的传令兵都被他挡在大帐以外。往日旋动如飞的狼毫笔现在凝结在手，似有千斤，很难在羊皮纸上留下一言半语。

49

八百里的一段漫长的距离，一段最为壮观的工事，长城总长度的十分之一工程，就这样毁于一旦，毁于你这个弱不禁风的民间女子的哭声中，而且真真实实地发生了，并且是轰轰烈烈、惊天动地地发生了！何等的滑稽、可笑！怎会让心如磐石的铁面将军相信这一事实？这位名叫蒙恬的筑城将军决计去看个究竟。

你就是在那一刻见到了这个世界上第一个真正的男人。他像一轮太阳，让你心中那个朝思暮想的、仅仅有过一夜情的丈夫范杞良如同冰雪一样一点点消融。他山岳一样伟岸，银发长须瀑布一样顺着肩头流泻而下，虽然年事已高，但气宇轩昂，体态轻健，目光里充满着慈祥的光芒。见到他的第一眼，你的嘴唇不再哆嗦，你的内心不再惊慌。你知道，僵尸和白骨中爬出来的自己一定是丑陋、肮脏，而在这样一个父亲一般注视着自己的男人面前，你一点也不羞怯。

将军打量着你这个奇女子。他被眼前的你惊诧了。你羸弱的身上，只有几条破烂不堪的布条缠着，面庞焦黑，双手瘦骨如柴，胸乳几乎裸露在外，只有一双明亮的眸子还在乱发覆盖着的面庞上滚动，像乱草丛里两颗黑色的宝石。

这就是苦难岁月的杰作。蒙恬的心重重地沉了下来。他伸出宽大的手臂，缓步走上前去，扶你起身。你枯瘦的小手被牢牢地攥进他温热的大手里，你能感到他的心在颤抖。就在这一刻，将军又一次惊诧了。借着风力，他隐约地听到了远处传来的一阵哀哀怨怨的歌声，一种由千万个女子的声音交汇在一起的如泣如诉的歌声。他看见大漠远处闪动着的点点星火。方圆几十里，目所能及的地方，破碎的帐篷漫山遍野、无穷无尽，那些披头散发，白衣素裹的女人手持灯火，声声呼叫着亲人的名字。声音时隐时现，时强时弱，那情形，完全是鬼蜮世界里无尽的宣泄和呐喊。将军顿然觉得他胸膛里跳动着的心，像掉进了海水里的土坷垃，在一点点地消融。

姜女啊，姜女，无数个姜女，是你们把泪光凝在锋利的刀刃，用凄冷的悲情去冲淡令人窒息的血腥。你们无尽的哭声哭软了亲人的手，哭碎了亲人的心。是你们高高在上，俯视着砖墙下冤屈的魂灵和暴野的白骨。将军觉得双腿有些站立不住。

将军从你身上看到了那个永远的不为人知的秘密。这段长城是民夫们在你们这些姜女凄哀的呼唤和武士们无情的皮鞭下所修建的一段最糟粕的工程。就在那个黎明时分，将军庄严地从头上摘下那顶乌黑的头盔。他随即下令，将你和其他所有和你一样的被称为姜女的女人一起送回故乡。

　　而你却没有力气再站立起来。你躺在将军的脚下，如同躺在阳光里，周身温暖极了。你仿佛觉得你已经变成了一株向日葵，而将军就成了你仰视的太阳。你在无尽的幸福中静静地去了。

　　将军铁青着脸，没说一句话。他又听见了像浪潮一般涌入耳际的歌谣，充满着无可奈何的哀怨：

　　孟姜女，哭长城

　　泪滴长城黑窟窿

　　城墙塌了几千里

　　折了蒙恬十年功……

虹

　　羿坐在东海岸边的巨石上，西望昆仑。他的大手抚摸着闪亮的长弓；散乱的长发里露出一张愤怒而扭曲的面庞。他目光如炬，一动不动地凝视着远方，像一尊叛逆的天魔。

　　熊熊的烈火在大地上燃烧，辽阔的天空上，最后一颗太阳躲在密布的浓云里。大地异常闷热，气流中浮动着乌鸦黑色的羽毛。有雷声从远处传来，隐隐作响。

　　尧张开翅膀一样的手臂，高高地举过头顶。身后焦黄龟裂的黄土上跪满了黑压压的人群，祈雨的声浪在山谷里震荡。

　　羿伸出一只手叉在前额的头发中。他感到体内的炽热已经开始化为火焰，正在烤炙着脚下的土地。

　　羿闭上了他的神眼，他不想再看燃烧的烈火。凤凰已经远去，没有什么能够在烈火中再生。唯有一场持久而猛烈的天雨才能改变一切。

　　羿此时清楚地明白天帝的所作所为，所思所想。他一定是在缀满繁星的棋盘上把玩着一枚棋子，长久地举棋不定，全然不在乎在天一日，在地一年的时间法则。

　　这个主宰万物的天神，实际上是个风流成性、老奸巨猾的家伙。他频繁地布云作雨，到处播撒多情的种子，不然，东海的扶桑树上怎么会一下子蹦出他的十个叛逆作乱的太阳儿子。那些宝贝都血气方刚，相互攀比，彼此嫉妒，一齐挤进天庭炫耀个性，搞得地上百兽横行，生灵涂炭。

羿明白，天帝当时要剪掉自己的儿子是何等艰难。十个儿子一样倔强，一样暴烈顽强，更何况又是自己的亲骨肉。可天帝最终偏偏把这个艰巨的任务交给了羿。为了坚定信念，他亲手赠给羿十支锋利无比的神箭，而且还把天宫上的绝代佳人嫦娥赐给了他，做了他去人间完成伟业的随征新娘。

这真是一道进退维谷的难题。以前，天帝就曾派出文臣武将招安征剿过自己这些浑蛋儿子，其结果是文臣蒙羞归来，将士败绩阵前。天帝没有过分地责怪他们，他心明如镜，谁都不敢去开罪自己。可这件事终需了断，天帝一眼就瞅准了从无败绩的神射手羿。

天帝知道羿的秉性，开弓没有回头箭。既然命令已发，儿子们的命运在此一举，是死是活任凭羿的裁决。天帝说，只要我闭上眼睛，世界就与我无缘。天帝说完后就闭上了他两只空洞的巨眼。

就在天帝睁开眼睛的一刹那，他的十个儿子被羿射死了九个。天帝略微开启的双目渗出了两颗大大的泪珠。他随即下令，封闭羿回天国的所有道路，并下旨永远不再恢复羿的神职。

英雄落难，命运多舛，是羿不可选择的宿命结局，长叹无益；然而滞留人间能够情结连理、花开并蒂的美好爱情或许能够让羿一颗落魄的心得到安抚。

可羿和嫦娥的婚后生活也并非琴瑟相和。当初羿在众多将士中脱颖而出时雄姿勃发的神态随着和嫦娥双双落入人间后，便一天天开始苍老、憔悴起来。他射九日、除百兽，忙于种种艰险事业，哪有时间顾及家庭的温馨和嫦娥的爱情。一位绝代仙女只能形单影只地徘徊于荒山野岭之间，向壁独怜。长久的寂寞像一条阴暗的河流隔断了嫦娥与羿的心。在久久的等待与期盼中，嫦娥痛苦地做出了"逃离人间"的抉择。她吞下西王母赠给羿的神丹，毅然飘向清冷的月宫。

羿无法忍受妻子对爱情的背叛。嫦娥的不辞而别使羿绞心哀痛。绝望的英雄常常在清冷的月夜仰天长叹，泪流沾襟。

羿饱尝着上天无路、入地无门的落寞与孤独。无助的羿就想把自己拥有的一身善射神功全部传授给蒙——这个虽肉体凡胎，但却力大无穷，且极其聪敏的人间助手。羿渴望能在人间感受一点友谊和抚慰。闲暇中，羿使出全身解数给蒙传艺。于是乎，蒙的武功突飞猛进，在人群中的声誉越来越大。随着技艺一天天增长，一种难以启齿的邪恶欲望便在蒙的体内膨胀起来。"无毒不丈夫，杀死羿，天下英雄就是我了。"蒙便开始了对羿的暗算。他一次次暗算，一次次失败。面对人类的幼稚，羿原谅了蒙一次又一次的过失。当蒙最后一次从背后阴险地举起桃木棒击杀羿时，羿才彻底地震怒了。人竟然这么的顽劣而可鄙！羿只折了一条树枝，就结束了这个丧心病狂的人。

消失了，一切都消失了。可怜的天庭，可怜的人！

羿抬起头，把波浪般的头发与无限的烦恼痛苦甩在脑后。他昂首站立起来，仰望天际。一道闪电划出长空，他看见天上最后一颗太阳在乌云中露出了一条瑟瑟发抖的小尾巴。

羿手中紧握着箭壶中唯一的神箭，他在做最后一次选择。只要扬天一箭，他就能与天地人间战个平局，让世界返回混沌，归于寂静。

此时此刻，羿的耳畔再一次传来尧和人类的呼唤：雨……雨……雨……声音是那样的微弱，那样苍凉。

一切还不可能完美。

人类才刚刚开始。

一切都是过渡。

我也是一个过渡。

羿最终拉开神弓，他弓弦向内，一箭锁喉。

刹那间，天空中电闪雷鸣，一场亘古未有的大雨倾盆而下。

雨后天晴。蔚蓝的天空上升起了一道无比奇丽的虹。

卡布老人

卡布是楼兰国本土上年事最高的长者。他活到一百五十二岁时，仍然耳聪目明，一口洁白的牙齿掉了又长，长了又掉，换了好几次。人们说，如果国王没有派人将他带进王宫，他可能会一直活下去。

卡布生活得很简单，一日三餐粗茶淡饭。他从不跟别人计较得失，凡事都往好处想。卡布的最大特点是机智、聪慧，所到之处总有一大堆人紧紧跟随着他。

一天，一位皇宫官员在数队卫队的陪同下，驾着皇家车马，浩浩荡荡地开进了卡布所住的那个沉寂的小村庄。官员拿出圣旨，宣读圣上旨意，原来卡布被国王选中，要他进宫做宫廷长老。村民们惊奇地看着这队衣着华丽的士兵，也对卡布的未来生活猜测不已。有人为他担忧，也有人为他羡慕，还有人为他祝福。然而，卡布却保持着与他一贯的欢快不大投合的沉默和镇静。他告诉前来为他送行的人们说："祸兮福所依，福兮祸所伏。"人们不能理解他说这番话的含义，个个满脸疑惑地望着他。他一步一步地上了马车，步态蹒跚而苍凉。

就这样，卡布因他异乎寻常的声誉被从一个村子带进了皇宫，作为礼物献给了国王。

一次，一位外国使节出访楼兰国，国王设宴招待使节。宴会中使节一时激动，便出了道谜语，让国王和大臣们去猜。谜语是："世界上什么东西最敏捷？什么东西最甜蜜？什么东西最富有？"大臣们绞尽脑汁，可就是没有一个人能够猜出合适的谜底，就连国王也难以猜出。于是卡布被唤了进来。他略加沉吟，便答道："世界上最敏捷的东西是思想，因为思想在一个眼神里能够抵达世界上任何遥远的地方；最甜蜜的东西是睡觉，当一个人又累又悲伤的时候，没有什么东西能比睡觉更甜蜜了；最富有的东西是土地，因为世界上最宝贵的东西都出自土地。"卡布的回答博得了使节的一阵掌声。

卡布确实名不虚传。这位长者成为国王身边须臾不可缺少的人物，他简直成了皇宫里的至爱，人们像众星捧月一样地围着他。

接踵而来的是连续不断的宴会款待。崇拜者们太喜爱他了，他们个个轮番着向他敬酒敬菜。

一天，国王拿出一根檀木制作的木棍，两头一般粗细，问："这根木棍哪一头靠近树根？哪一头靠近树梢呢？大臣们张口结舌，无法回答。卡布随手将木棍投进身边的一个水缸里说："向下沉的一头靠近树根，向上翘的一头靠近树梢。"国王听了很高兴，并又因他的机智专门为他奖赏了一桌酒饭。可这次，卡布的肚子却没有给国王争回面子。由于饮食过量，他患上了腹泻症，一顿饭上了三次厕所。看着一饭三遗屎的卡布，国王的脸上布满了难色。当卡布鼓足最后的勇气，把国王赐给他的一大樽御酒一仰脖子倒进嘴里后，他的身体像一块朽木一样"咣"的一声倒在了国王金碧辉煌的地毯上，手里还紧紧地握着那只闪闪发光的金质高脚杯。

由于卡布受到了接连不断的宴会款待，他得了饮食过度症，进宫不到两个月便一命归西了。

人们说他的死是由于城市里的不洁空气和他以前简朴的饮食习惯突然改变所致。

国王十分痛心，毕竟是他用善意和礼遇亲手杀死了他尊敬的老人，他以无比悲痛的心情为卡布加官进爵，并下旨将卡布葬于皇家陵园，好让他将来能永远地陪伴在自己的左右。

六合寺的月亮

　　钱塘潮的轰鸣声已经越来越远。武松又听到了六合寺院里苍凉的钟声。几十年来，任凭云卷云舒，月圆月缺或潮起潮平，武松一直过着单调而平静的僧侣生活。今夜，皓月当空，他独自站在寺院的大榕树下，瘦长的影子拉在前庭的院落里，一管无臂的长袖在渐吹渐凉的风里荡荡悠悠。许多个江涛呼啸的日子里，他的思绪就如同倒灌的江潮那样倒海翻江。不过，四十余年里的历练，他已经不再有丝毫的动容。"曾经沧海难为水啊！"

　　多少个月圆夜，每当武松开始回忆他一生搏杀打斗、剪除豪强的辉煌战绩的时候，他都有一种说不出的惆怅。他甚至想象不出任何一次凯旋回归的荣耀场景。而面对圆月、耳听潮鸣，模模糊糊中，他便依稀地看见两张亲切而美丽的面容。当形象越来越清晰地凸现出来的时候，他只能独自徘徊在雨夜、在江畔，并从心底里轻轻地唤一声"嫂嫂"，然后又陷入了无尽的悲哀与惆怅中。

　　江月缓缓地掠过云层，武松的眼睛久久地跟随着忽隐忽现的月亮移动。他分明看见了一张脸，这是第一张脸；这张脸挂着泪，饱含着期待与幽怨，如梨花带雨，凄婉而迷离，蕴藏着多少缠绵与万种风情！那就是金莲嫂嫂。

　　自从景阳冈打死了那条大虫归来与兄嫂团聚之后，武松的全部荣耀都被嫂嫂那张脸给销蚀得暗淡无光了。她美得令人心痛，第一眼看见她，武松就有了一种从寒窖里走进阳光的感觉。

　　"叔叔真是我们阳谷女孩子的童话，俺从小就一直想嫁给叔叔这样的人家。"已经对他心仪已久的嫂嫂把一盏油灯袅袅娜娜地端进他的小屋，公然向他剖白。

武松觉得脑子有些混乱。他心里早就无数次地在说：这个女人应该非我莫属。他痛恨自己的这种有违道德的渴望。然而他管不住自己的思想。

面对嫂嫂无微不至的关怀，武松真是无可适从。然而最令他无可适从的却是面对对自己有再造之恩的哥哥。哥哥的宽容与大度实属天下第一。他多次劝武松带着嫂嫂远走天涯，为武氏家族造出一片林荫。看到哥哥幽怨与痛苦的眼神，武松一次次地感到脊梁骨里有一种彻骨的冰寒。武松最终选择了躲避。他深知虚饰的理智怎能战胜烈火干柴的内心渴望。他不是在躲避嫂嫂那炽烈如火的柔情，而是躲避自己内心肆意纵横的心魔！

兄长的突然自杀给了他当头一击。武松知道，善良而坦诚的嫂嫂是无辜的，哥哥早想了却残生了，这一点只有他这个做弟弟的心明如镜。那个声名狼藉的西门庆想乘人之危，千不该万不该地成全了哥哥的"美意"。武松只能让他做他的刀下鬼。

武松擦干了滴血的刀，看了一眼哭成泪人的嫂嫂，他恨不得一把将她拽过来，然后跨上宝马急风暴雨般地远走天涯。可是，面对落在他身上的众多目光，他别无选择。他缓缓地将刀插进刀鞘，重重地摔了一下长袖，毅然地跨出了家门。

"叔叔——"。嫂嫂的一声尖叫惊得武松转过身来。他看到嫂嫂往日顾盼有神的眸子里忽然幽幽地空洞起来。她绝望地看了一眼武松，伸出苍白的手从怀里掏出了一把剪刀插进胸颈。

想到这里，武松混浊的目光开始在黑暗中燃烧起来。

潮水又一次惊天动地地轰鸣起来，武松缓缓地转过身，湖边朦胧的月光里仿佛又露出一张脸来。那张脸圆满丰润，有着慈母般的坚毅与厚爱。这是孙二娘嫂嫂的脸。他清楚地记得二娘嫂嫂在第一次看到他时，眼睛都笑开了花，那天，她一边把兑了蒙汗药的酒端了上来让武松慢用，一边坐在藤椅上用期许的目光欣赏武松倒下去的样子。她力气一贯大，拖拽昏迷大汉入厨的事情，一向非她莫属。可这个大汉却令她吃了一惊，她的手刚刚碰上他的肩膀，就感到自己一下子飞了起来，然后又重重地落到了地上，胖胖的身子被那个大汉沉沉地压住了。

这一压就开了头。后来武松就成了她理直气壮的"武二兄弟"。

不过，最让武松难忘和羞惭的还是那次为自己的行头装束上。那天，因为带伤逃避官捕，他昏倒在二娘嫂嫂的店中。昏昏迷迷中，武松瞅不见张青兄，只见二娘嫂嫂抡开浑圆的臂膀在雾腾腾的热气中忙碌着，自己却一丝不挂地泡在大木桶里。原来嫂嫂在帮自己洗澡。武松睁开眼睛时，一张从不动容的脸立刻就给羞了个通红。嫂嫂有力的胖手按着他，温柔地问他："你敢站起来吗?"

那夜，嫂嫂让武松从头到脚脱胎换骨地做成了伟丈夫。

从此，江湖上没有了"武二郎"，却走出了一个武行者。

在血腥风雨的战场上，二娘嫂嫂如影随形，不依不饶地守候和护卫着她的好弟弟。多少年来，缝补浆洗、问寒问暖、知冷知热，使这个从小就失去母爱的汉子从骨子里彻底地感动了。

今生今世，不离不弃，我愿做你最贴心的兄弟；如有来世……武松不知度过了多少个独自流泪的夜晚。

乌龙岭上的风吹得破烂的战旗呼啦啦地响。武松睁开带血的眼睛，他看到嫂嫂正牢牢实实地伏在自己身体上，嫂嫂身上插满了野花一样茂密的箭头。

嫂嫂为掩护残臂的自己喋血而死。此情此意，大恩大德……欲忆还悲。

武松从往事的感慨中回过神来。钱塘大潮天崩地裂的巨响又开始澎湃而来了。他看见东方的天空又泛出了一抹青白的亮光。他想，明天会是个雨天。

我的大宋词人

仁宗皇帝就这样僵直地站在麒麟阁上，睁开一双忧郁的眼睛，极目远眺。

虽是正午时分，但细雨迷蒙中的东京城似乎还沉睡在一派乳白色的薄雾之中。北郊的乐游塬上，湿漉漉的梨树枝上缀满了大团大团的粉白色花瓣。一群群青衣素裹的美丽女人，缓缓地迈着绵长的步子，手持花束，排着长队，默默地拾级而上，登上塬顶，跪成茫茫无际的一片。漫山遍野弥散的香气随着低沉的呻吟与呼唤被雨雾一层层卷起，渐升渐远。

每年的清明节，东京城里万人空巷，上至臣僚官宦，下至平头百姓，走卒贩夫扶老携幼走出城门，在北郊的原野和道路两旁，争看全城的妓女像朝圣般往塬上涌走的奇丽景象。那万头攒动、十里脂粉飘香、眼泪涟涟如同雨打梨花的阵容实属大宋王朝的一道罕见的风景。

仁宗皇帝寻思道，那柳七郎，也不过一介白衣词人，生前无心务正，专于勾栏瓦肆之间穿梭，不料死后竟受如此殊遇；致使京都花魁、域内佳人竟云集凭吊；人间至情至福如此，虽天子犹不如也！

无怪乎先帝曾多次夸耀柳七郎，说其人风姿洒脱，文才出众，词才当朝第一，要身后人酌情收用。谨遵先皇遗训，也曾先让他做一县县吏，他却放浪形骸，全然不修边幅；改任他职，又恃才傲物，更不把众僚臣放在眼里；有意贬他一下，让他做个白衣词人，谁知他竟一发不可收拾，一心一意地做了花中仙子。哎，也罢！

仁宗皇帝嘘叹着，回忆起那日有人来报说，白衣词人柳永彻底地沦落风尘时，他还着实吃了一惊呢。据说，自号"三变"的柳七郎一日酒后于大街上徘徊，只见大街小巷楚馆秦楼随处可见。他顺手将长衫一撩，就进了一家"缈香楼"。张目望去，满院皆是"香匳深深，姿姿媚媚"。一番倾情攀谈之后，柳永觉得这些妓女不仅仪容可人，对应机敏，且琴棋技艺、填词作赋样样精通。原来天下的聪明才智不在王宫，竟在妓院。他禁不住地吟道："风月客怜风月客，有情人遇有情人。"从此，他朝朝楚馆，夜夜秦楼，花街柳巷，风流不尽。除了娱乐，他天天陪那些青楼女子填词颂赋，吟诗作画。一时间，擅长调笑的陈师师、款款深情的赵香香、神合默契的徐冬冬等东京千金难求一见的名妓环绕在柳七的身边。从此，东京城的所有妓女都争相与他相识，以能见到柳七为荣，那些没有来得及认识柳永的，众人都笑她为下品，身价也低了一半；化妆品商铺的生意尤为兴隆，胭脂香粉被抢购一空。就连宫廷内的宫女们也都学着外面的妓女们吟唱着这样的歌谣："不愿穿绫罗，愿依柳七哥；不愿君王召，愿得柳七叫；不愿千黄金，愿中柳七心；不愿神仙见，愿识柳七面。"

天下无双的情种，真乃道不尽的万般风流也！想到此，仁宗皇帝不禁黯然神伤起来。他唏嘘了良久。

远处的北塬上，火光忽明忽暗，大股的青烟弥漫开去，一时香风袅袅，花纸飘飘。那些祭祀的女人在为她们钟爱的情哥哥焚香烧裱了。

仁宗皇帝又陷入了沉思，他想：当年为了不致使柳七把前程毁于妓馆，他费心思地对他重新委任，派他离京赴"江州任职"。不料，消息传开，前来饯别的红裙妓女们却排着十里长队为柳哥哥惜别；只见一向英气勃发的柳七郎此时泪如雨下。他一步一回头，步步泪水流，真乃生离死别。那个绝色名妓徐冬冬，更是长跪不起，美玉般的前额都磕出了一个血包，非得要和柳七郎生死相随。无奈，柳七只得携着美人一同赴任。据说，有一天晚上，他们在一家客栈歇息，忽然听见内屋传来阵阵幽怨的歌声："黯相望，断鸿声里，立尽斜阳。"这不正是自己作的那首《秋思》吗？歌者何人？柳永轻轻推开门帘，一位红衣绣女依窗而立，煞是可人。未等柳七开口，那女子便说："小女名叫谢玉英，思念柳哥哥久矣，为找哥哥，我已经踏破了数双绣鞋，今知哥哥在此，只想见上一面，死亦足矣。"柳永十分感激她的诚意，竟在客栈里一住数日，还与她结下了连理之情。

如此荒唐数年，柳七任职期满回到京城。本欲封一个有俸无权的闲职，也好成全他的逍遥自在，不料他却越发没了收敛，竟隐迹青楼，不肯显身，时隔不久，终于有了音信，却是噩耗。听说是那一天，他在赵香香家小睡，忽然梦见一位黄衣吏人从天而降，说："奉玉帝旨意，速去天国更新《霓裳羽衣》曲，即刻启程前往。"柳七郎对赵香香说："承蒙玉帝厚爱，我要去了。"说完闭目而坐，与世长辞。

噩耗传出，一时间，只见遍地一片缟素，满城妓女无一不到，且全部服丧吊孝。哀号之声震天动地。妓女们亲手扶着镶满鲜花的灵柩，送往墓地。送葬队伍中也有一些官吏，他们看到这种场面，惭愧不已，自觉惜才之心，竟不及妓，个个掩着脸面，羞愧而归。

当日，柳七的爱妓中，悲痛过度、伤心而死的就有两个，一个是徐冬冬，一个是谢玉英；她们的坟墓就附葬在了柳七郎的两旁。

想到这里，仁宗皇帝用手撇了一下胡须，轻声叹息道："柳七啊柳七，真爱不易得，你以真情真意，竟有万千红颜知己。朕虽后宫三千，却是人心肚皮，难知根底。"

微风拂面，细雨初停。仁宗皇帝凭栏探视。护城河畔，白沙堤旁，一株株百年垂柳立于斜阳之中。见此情景，不禁脱口吟诵了一句："今宵酒醒何处，杨柳岸，晓风残月。"

细腰楚王

楚国的军队旌旗招展，在滚动的尘烟中徐徐推进。囚禁着陈、蔡两国国君及其他王族的囚车，列着长龙一般的队伍隆隆地向楚国的国都驶来。楚国大将军们勒马驻足、神态昂然地待命于刚刚落成的章华台下，准备接受楚王的检阅。

楚灵王坐在雄伟的章华台上，眼望远处浩渺的山水云烟。丝竹之音不绝于耳，轻歌曼舞萦绕左右。灵王斜倚着白玉砌成的栏杆，捋了捋唇上的两撇美须，抬眼望天，轻轻地启动了他两片薄薄的嘴唇：苍天当不负我也！

灵王一手揽过一个细腰王妃，走近"银波"大镜跟前，他挺胸收腹，舒展双臂，长久地端详着自己灵活的身躯，问道："爱卿看王身段如何？"

"美极了，我王一向气宇非凡，今日更是玉树临风啊！"细腰王妃细细甜甜的嗓音听得楚王如沐春风。

"本王今日将大会诸侯，届时还要举行得胜之师的凯旋仪式，本王高兴啊。来，起鼓，且让本王和你们共舞一曲《天上人间》吧！"

伴随着欢快的节奏，灵王和他的宫女们翩翩起舞。灵王在舞女环绕的亭台中心旋翻如飞，恰似游龙戏凤。

一曲舞毕，忽报各国诸侯陆续聚于台下，等候召见。

细腰王妃轻轻地拭去灵王额头上渗出的一层细汗。他缓步登上镶金的宝座。

"哈哈哈！"灵王跷起长长的下巴，转身环顾各国诸侯，口中说道："列位看我楚国将士何如？果真能征善战之士吧？我大楚将士多来自江河湖海，善于搏击风浪，身手灵活，四肢矫健，完全不像你们中原大汉，肥硕粗卑，行动不便。看

63

见了吧，我的楚国将军，伍奢、启疆、弃疾，个个都是狼腰猿臂的壮士，人人可敌万军。哈哈哈！来为我无敌的楚国将士们先干上一杯。"

灵王一边干杯，一边示意伴舞。一时铜鼓、铃铛之音乍起，一列列细腰粉黛袅袅而出，婀娜多姿地摇动身肢。灵王和诸侯们在楚国艳舞的香风吹拂下，开怀畅饮了起来。醉意朦胧中，灵王听宫人来报：越国大夫常寿过姗姗而来。肥胖的越国国君终于攀上章华台，他大汗淋漓，上气不接下气地向灵王道歉。

灵王轻蔑地瞥了一眼常寿过肥硕挺起的大肚子，半晌才说："你肥胖如猪，一定是猪行而来，本王本不该怪你；不过，我们的庆会也快要结束了，要是不想和蔡侯同列的话，你还是先行而去吧！猪嘛！就得爬着出。"灵王的话引起诸侯们的肆意大笑，喘着粗气的常寿过血涌如潮，眼睛里滴出了两滴殷红的血。他只得伏下肥硕的身躯，爬出章华大厅。

灵王导演的这出戏，着实让各国诸侯和众位文武大臣惊出了一头冷汗，个个不由自主地摸起了自己的脸、头和肚子，那些肚子稍为凸出的人下意识地做起了深呼吸，企图让肚子看起来稍小一些。

章华台会盟以后，楚灵王被推举为盟主，主持仲裁各国战和事宜。于是，他安排他的精锐之师开始攻打东方的吴国。

一日，宫里闲来无事，灵王下令做了一面大镜，安置在宫殿外，他颁布了一条"举凡今后，用仕以腰，肥者罢黜"的新旨意。于是，宫廷内外掀起了一场罢肥运动。肥胖的官员一律罢免；稍微有点发胖迹象的大臣就千方百计地实施减肥，拼命地使自己的腰身变细。人们不约而同地节制饮食，强迫自己一天只吃一顿饭，或者只喝水不吃饭，为此经常饿得头昏眼花，有的人在小便时掉进厕所，活活淹死。有的需要扶住墙壁才能站起身来。还有的大臣便摸出了一套减肥绝招，那就是在每天早晨起床时，先做几次深呼吸，挺胸收腹，然后将气憋住，再用宽带将腰部紧紧地束起来。

尽管他们挖空心思地实施减肥，以投灵王所好，可是楚国王宫里十之八九的大臣还是被罢免了。一番番的折腾之后，楚国上上下下的所有机构里都成了清一色的窈窕男女，只是个个面黄肌瘦，弱不禁风。

一天，忽有快马来报：二十万楚军主力在吴国东南遭到十面伏击，已经全军覆没。沉浸在歌舞声中的灵王一时惊诧不已。他匆忙组装了一支十万人组成的蜂腰部队赶赴前线应敌，可是，越王常寿过伙同那些因为肥胖而被罢免的王族闯进皇宫，杀了他的儿子，占领了楚国的都城。

灵王的饿殍之师很快就被兵强马壮的吴军彻底地击溃。灵王落荒而逃。

衣着褴褛的灵王逃到故臣申亥的故乡鄢都。

是夜，刚刚出浴的灵王换上申亥呈上来的衣服，他长长地伸了个懒腰之后，倚窗而立。

窗外，月明星稀，灵王看见江流、沙滩和荒山莽岭之间，满是晃动的火把。火把像天上的星星一样繁多，楚灵王一时分不清哪里是天空，哪里是江河。

灵王正要问及，门外忽然卷进一股冷风，但见越王常寿过手持宝剑跨了进来，身后站着两排袒胸露乳的肥硕壮士。

灵王轻蔑地扫视了一眼满堂的彪形大汉，习惯性地紧了紧腰带问："申亥，再看看，王腰身尚灵活否？""我王身似蛟龙，动若疾风矣。"申亥声泪俱下地说。"申亥，意欲观王舞乎？"申亥已泣不成声。

常寿过逼近秀骨玉肌的灵王，未等灵王扭动身姿，便将锋利的柳叶剑一挥，楚王的细腰片刻就成了两段。

江风吹过，火苗歪斜，常寿过仔细查看剑刃，竟无一滴血迹沾在上面。

秦国上卿

秦王的爆笑声回荡在大殿中。站在台阶之下的相国吕不韦和众臣们都觉得双耳有些发麻，头脑也有些昏眩起来。

秦王坐在高高的王座上。他突然收住了笑容，把一只手从宽大的袖袍中探出来，直直地指向台下黑压压的人群中的一个小男孩，说："诸位可能已经看到了，你们中间有一个十二岁的孩童想为国家效力，他打算代替寡人出使虎狼之地赵国，替张唐借道，现在就要出发了，你们都是寡人的爱将，有的能征善战，有的足智多谋。你们当中如果谁愿意代替这个孩子出使一趟赵国，完成寡人的使命，寡人将封他为上卿。"

秦王的话好像说给殿外空洞的虚无一样没有回应。文武群臣个个紧闭嘴巴，不敢吱声。

秦王再一次笑出声来，笑声中的秦王用眼睛的余光斜视着台下像葫芦一样垂下的脑袋。

一群胆小怕死的蠢货！

秦王把目光再次投向这个小男孩说："看来，寡人只能让你独自前行了，甘罗！寡人等着你的好消息，这个上卿的空位也和朕一起在等着你的凯旋！"

众臣们似乎每人都有一本厚厚的奏折向秦王呈奏，不料，秦王双袖一甩，命令他们退朝。秦王知道这帮老臣嘴里将会吐出什么样的话来。

自从甘罗出使赵国以来，秦王的大臣们对甘罗的生还几乎没有抱任何希望。当年，秦国大将张唐一次次出征赵国，所到之处，杀人无数。赵国人恨不能食其肉，寝其皮；现在替张唐借道，无异于与虎谋皮，怎会有好的结局呢？但秦王并不这么认为，派个孩童出使赵国，虽是一出怪招，但很可能会出现一个意想不到的结果。退一步想，万一有赵国斩杀秦国孩童的坏消息传来，也恰恰为他出兵伐赵创造了一个合理的理由。秦王一边等着消息，一边思忖起这个十二岁的孩童来。

这个小小的甘罗，目似朗星，天庭饱满，双眉之间透出一股轩昂之气。言辞中虽未脱掉稚气，但他伶牙俐齿，对儒墨道法等诸子百家无所不知。更可贵的是，他对苏秦、张仪两位策辩之士的智慧竟能一一评判，鞭辟入里，让秦王大为悦服。

秦王觉得，他与这个十二岁的孩子之间，似乎有一道无法割舍的情结。这个心高志远的孩子初次出征，跟他当年十三岁继承王位的情形多少有些相似。那时候，满朝文武都是须眉男子，就他一个孩童夹在他们中间，他感到全身都长着嘴巴，却没有权利说自己想说的话。

这次，秦王顶着巨大的压力，打破历朝历代的规矩，大胆地起用起一个孩童来。

"寡人决计清理寰宇，创前朝无例之举。举奇事而用奇人，甚相合也！"

秦王一激动，竟一把抚摸住了相国吕不韦的手，秦王已有好多年不曾抚摸过相国的手了，现在秦王正把相国的手握在他的手里，笑盈盈地望着他，说："向朕推荐这个孩童，有可能是你这几年当中办得最出色的一件事。"秦王的话让相国吕不韦感动得声音有些哽咽，相国泪花闪闪地望着秦王。

秦王一边和相国商讨着扩充疆土的构想，一边日夜不停地重整军队，准备迎接一场即将到来的恶战。

时间在等待与准备中过去了两个月。时令已进入隆冬季节。

秦王身披厚厚的棉大衣，正围在火炉上取暖，相国突然来报，说：甘罗带着秦国使团和赵国使者凯旋归来，而且还带回了燕国上谷地区和赵国河间一带共计十六个城池的地图。这是赵国为交好秦国在甘罗的争取下敬献给秦王的土地！

外交上的成功直接取代了军事上的征伐！兵法云：上攻伐谋。好一个甘罗！寡人的预测果然没错！

听完喜报的秦王一句话也没说。黑暗中，他的眼睛像两团火在燃烧。他摆摆手示意相国退下。高兴之余的秦王经常会突然收敛笑容，再一次陷入沉思。

那一夜，秦王的寝室里一夜灯火未灭。

第二天，秦王传令，他要斋戒三日，三日内文武百官不得上朝。三日后，秦王集结文武群臣，传旨让甘罗使团进见。

秦王一剑剁碎了案上的一只玉杯，说："俗云覆水难收，一言既出，驷马难追，寡人今日履行前言，正式封授以童稚之身为秦国打开赵国大门，并兵不血刃让赵国拱手为我国让出十六个城池的奇迹创造者——甘罗——为上卿，以奖励军功，取信于天下诸侯。"

秦王的目光环视殿内再问："有反对的吗？"

大殿内悄无声息。许久，一个沙哑的声音突然传了出来："吾王，臣以为此举一开，各国的人才会像百流汇于沧海，将源源滚滚地涌入我秦国。"那是相国吕不韦的声音。

秦王鹰一般的眼睛里突然射出了一道绿光，大殿内立即就响起了山呼海啸般的欢呼声。

秦王冰冷的脸上透出了一丝暖意。

"甘罗，朕十二岁的爱卿，将与朕的长城一起，载入我大秦的史册！"

秦王洪亮的声音在殿内久久回荡。

秦舞阳

那年太子丹从秦国潜回，在燕国都城筑起擂台招募勇士，我一连击败了二十八位对手。太子丹见状，叫人放出两只笼中饿虎和我相搏。我先下手为强，一把拽住一只老虎的尾巴，并高高地举过头顶将其当场摔死。另一只老虎被我的威力震慑住了，一动不动地愣在角落里，像猫一样地看着我。当时，台上台下，一片欢声雷动。太子丹激动得从座位上走到台中央，举起我的手，高呼："真燕国之勇士也！"。

从此，我秦舞阳就成了英雄的代名词。

我被提拔成了王宫的禁军校尉，天天跟在太子丹的身后巡游四方。真可谓威风八面！

可朝廷内的那些老臣根本就瞧不起我；就连那个从秦国逃出来做了燕国将军的樊於期见了我连眉毛都不曾挑一下，但却对那个从卫国逃亡到燕国的流浪汉荆轲格外殷勤。我心里很不服气。那天，太子丹带我去造访荆轲。当时荆轲正在屋里摆弄一盘模型。那是一座气势恢宏的建筑模型，足有七层之高，精美绝伦。太子丹问荆轲在做什么。荆轲说他在研究一座大厦会如何在顷刻之间坍塌。太子丹听罢，布满忧患的双目忽然亮了起来。

"怎么讲"？太子丹问。

"可否让秦壮士来捣毁它？"荆轲问。

太子丹回头示意我将它捣毁。

面对一个小小的木制模型，我几乎哑然失笑。杀鸡焉用牛刀！心里尽管不悦，但主子的命令不可违背。于是，我提起脚用力一踏，它竟纹丝不动，接着，我操起一条长凳一阵猛砸，也一点都奈何不了它。我羞愧地站在一旁。

荆轲说，这个木制模型是他花了一年时间才制作成的。它虽坚如磐石，但仍有一处可以动摇它的整个机构，那就是它的中心支柱。说完，他伸出手，从顶部抽掉模型的中柱，然后用长剑在桌面上轻轻一拍，模型一阵稀里哗啦，顷刻之间成了一堆零件。

见此情景，太子丹双膝一弯：我千万次探寻奇谋抗击强秦，今日终于找到了。此天不亡我幽燕也！

此后，太子丹以上卿之礼邀请荆轲到王宫共谋国事。如是三年。

秦国的军队开始在燕国的边境线上云集。这一次，荆轲已不再推诿。他说一切准备基本就绪，只是需要最后一个条件成熟即可出发：他要等待一个朋友——只要这个朋友能如约而来，大功即可告成。

荆轲的话让我血管膨胀，气血倒流。他从来就没把我秦舞阳当人看。可我只敢怒不敢言。

冬天来了，朔风劲吹，铅云低垂，太子脸上的愁云比天空上的阴云还要阴冷。见主子焦虑不堪，我自动请缨去当荆轲的助手。经太子的鼎力推荐和说服，荆轲总算勉强答应带我去秦国完成伟业，但他常常站在风里向南张望，对他朋友的到来怀揣一丝希望。

行动的日期最终定下来了。望着太子丹渐渐枯黑的面额，荆轲一甩长袖，一声叹息："也罢！"这样，我便跟在荆轲的身后，踏着他"风萧萧兮易水寒，壮士一去兮不复还"的歌声，淌过凛冽的易水河，向秦国进发了。

一踏上秦国的土地，我的骁勇，我的傲慢和我对荆轲的不满都烟消云散。面对千军万马组成的森严壁垒和关卡，荆轲没有丝毫的惊慌，他那张毫无表情的脸和一双深藏不露的眼睛似乎在发挥着巨大的作用。

在等待秦王召见的那些日子里，我觉得时间仿佛静止了。秦人天天都在杀人，那些从各国押解进来的反叛囚徒成群结队地被活埋处死。我看见死亡的播魂幡在风中飘摇。倒是荆轲依然泰然自若，和那些秦国官吏应对如常。他白天饮酒，晚上酣眠，一副无牵无挂的样子。

秦王召见的日子终于到了。那一夜，我翻来覆去，无法入眠。第二天，我在浑浑噩噩中被荆轲叫醒。当我提着樊於期的人头盒，跟在荆轲的身后，一步一步地走向咸阳宫时，我看见一颗黑色的太阳在我眼前晃来晃去。

三千名着甲壮士严阵以待，刀枪矛戈，遮天蔽日。踏上死亡之路以后，我的腿已经不大听使唤了。我唯一的办法就是低着头，这样才可以勉强走进秦王的殿内。

后来发生的事用不着我来描述了，相信史书上记载得更加清楚。记忆中，当我从昏眩中再醒过来的时候，我只是依稀地听见荆轲的匕首插进铜柱的锵然之声，还有他放肆的大笑声。

秦王不屑杀死一个懦夫，就将我扔在咸阳城外的荒郊上喂狗。等我从死人堆里爬出来的时候，荆轲被五马分尸的消息已昭告天下。我捶胸顿足悔恨不已。是我这个懦夫让真正的英雄功败垂成、遗恨而去！

当我冒死从城门上盗走了荆轲的人头，躲过追兵逃回燕国时，燕国早已国破城亡。

我把荆轲的人头交给了他的好友高渐离。

高渐离看了我一眼说：也罢，知耻而后勇！

琴师梁鸿

杭州城没有沦陷的时候，琴师梁鸿真可谓名满江浙，享誉吴越。当时苏杭、上海一带的达官显贵们纷纷请他前去演奏，人人都惊叹他的琴艺高超，无人可比。

相传梁鸿自幼聪慧，颇通音律，有"琴童"的雅称。他家世居杭州城南，家门附近有一寺，寺中有一方丈，名叫太元。太元深通琴艺，为一般人所不知。一次，梁鸿路过寺院，偶听寺内隐约传来丝竹之声，仔细聆听，不觉大为感动。于是决计拜太元为师习艺。太元说："学琴不难，难在心静；心静之道只有自己体悟，非传授所能学会。"

梁鸿牢记太元方丈的话，一连数日平心静气，昼夜枯坐于禅榻之上听太元弹琴。一天，梁鸿为太元琴声所感，顿觉悲痛，不禁失声哭泣。哭声惊动方丈，方丈抬头察看，过了许久才说："你已经学成了，孩子。庸者以耳听，静者以心听。至于弹奏，浅学者以指弹，静者以心弹。用心弹琴的人，才是得到了琴艺的真谛。你已经达到了心静的境界，我现在可以教你了。"

第二天，方丈开始正式教授梁鸿琴艺。自此梁鸿弹琴，开始能够模仿风雨雷电、鸟兽鱼虫、山峦草木、江河湖海之声。他也能够调节自己的感情意念，达到了音随心至、情随意转的境界。这样过了三年，梁鸿艺成出师。

出师后的梁鸿自号"西湖琴客"，以弹琴为生，终日吟诗抚琴，茶酒相伴，怡然自得。一日，时逢正月十五元宵夜，梁鸿与朋友泛舟西湖，正好赶上灯会。当时，他笑着对身边的朋友说："我奏一首曲子能使万众寂然无声。"朋友们知道他琴艺超群，都一同鼓掌赞同。

梁鸿开始弹琴，琴声婉转悠扬，仿佛绵绵春雨在江面上飘荡。一时间，百戏皆停，行人驻足，坐者起听，江边一片寂静。一曲弹罢，过了许久，游人才从寂静中清醒过来，又恢复了喧闹。

梁鸿在众人的赞美中越发意气风发，神采飞扬。这时，忽然见有一位白发老翁驾一叶扁舟飘然而至。这老翁形貌古峭，气宇非凡。

老翁来到众人面前停下来说："弹琴者可是梁鸿？你天资绝高，只可惜用的乐器太平常了。"说罢由船中取出一件包裹交给梁鸿，梁鸿打开细看，原来是一件外表斑驳陆离却坚如磐石的古木瑶琴。他试着弹奏一下，结果力尽气竭都没能拨动琴弦，连一个整音也没有弹奏出来。老翁告诉梁鸿说："这是老夫祖上的传家之宝，今见你天资不凡，特送于你。此琴已经历数千年，伯牙用它为钟子期弹奏过《高山流水》；高渐离为荆轲刺秦弹奏过《易水曲》；嵇康在刑场上为门生们演奏过《广陵散》；张生为崔莺莺弹奏出《苦相思》，实乃千古名琴哪！现在它终于找到它的传人了。"梁鸿一时愕然，他毕恭毕敬地将琴呈递给老翁。老翁气定神闲地弹奏了一曲梁鸿从未听过的乐曲，那曲调高亢流转，清扬激越，直把众人听得如癫似狂。但见江面波涛涌腾，云雨昏晦。一曲终了，云开雾散，再寻老翁，却已是踪迹全无。

与朋友作别之后，梁鸿自知浅薄，不再复出。他闭门谢客，终日研习这把古琴。一年后，梁鸿终于能娴熟操持、运用自如了。

自此梁鸿别号"琴孤"，从不为俗人弹琴。

有一位奉命阵守上海防务的将军耿某，是个琴迷。一到驻地就派人用厚礼请梁鸿来为自己演奏。将军让梁鸿入首席，自己坐在一旁侧耳聆听。梁鸿开始抚琴。琴声一响，将军即拍手称赞，而帐外诸军士也竦然而听。琴声凄怆慷慨，宛如江海波涛，惊涛骇浪中含有枪炮杀伐之气。一曲弹完，帐外军士无不叹息，不少人已经泪流满面了。而梁鸿也为琴音所感染，情绪激动，禁不住失声痛哭。梁鸿奏罢，慨然上马而去，对将军赠送的满桌银元置之不理。不久，这支军队在调防中遭到登陆日寇的伏击，全军将士阵亡。

杭州沦陷时，日寇乱军蜂拥入城，梁鸿当时隐居在金山寺。一日，日军想入寺内抢劫，忽闻山后人声鼓声大作，以为有伏兵，吓得连忙撤退。后来才知道是梁鸿在弹琴。日军气极，将梁鸿抓来，想当面听听这个琴师的技艺是否真的像传说中那么神奇。梁鸿拒不抚琴。日军把刀架在他的脖子上逼迫他，无奈，梁鸿遂抚琴，做辛酸悲苦之声。乐中沧海泛流，孤鸿独飞，樱花旋舞飘凌，神社之音袅袅，听得日本士兵浑身颤抖，顿生思乡之情，一时间泪如泉涌，连刀枪都拿不住了，傻乎乎地呆在原地。等他们回过神来之后，梁鸿早已不知去向。

梁鸿与妻子辗转流落到南京。南京城内人心惶惶，梁鸿极少弹琴，每日只以饮酒排忧。

梁鸿和他的妻子陈氏，夫妻情深。陈氏知书达理，精通音律。梁鸿曾为她抚琴，茶香袅袅，鬓影萧疏。每当此时，梁鸿总是感叹，认为闺房情深，亦不失为人生韵事。有一天，外面纷纷扰扰，他忽然回来对陈氏说："常言红颜薄命，你才貌双绝，且让我为你奏一曲，看看你究竟会做天上之人，抑或是与我地久天长？"言罢不胜悲伤，为她赋别凤离鸾之曲，正奏入高潮阶段，不料"嘎"的一声，琴上所有琴弦都齐生生地断了。结果七天之后，陈氏夫人病故，梁鸿悲痛欲绝，抚尸痛哭，以致吐血数升，气绝身亡。

次日，日本军队攻破南京，屠城数日，震惊世界。

诗 祭

尘土飞扬的人流中，颠簸的马车缓缓穿过垓下古战场。李清照揭开窗帘，她嗅到了风的气息。

"到了，夫人。"随从们说。乌江亭下的渡口上，拥满了数以千计的逃难者。

金帝国的金戈铁马，强弓利箭击碎了她的"浓睡"与"闲愁"。冷冷清清的李清照遁入了无数逃难者的行列。

江面上笼罩着浓厚的阴云，流水呜咽着，如泣如诉。李清照孑然一身，漫步江岸，她似乎仍在寻寻觅觅。她找到了一位在江边渡船的老艄公。李清照询问："今夜能否过江?"艄公答道："不行，夜里是从来渡不过船的，只有风和日丽的时日方可过江，可这样的日子为数不多啊！很多年了，这江水好像从来都没有平息过。"李清照追问原因，老艄公说："唉，这都是因为楚霸王的阴灵不散，八千亡魂兴风作浪所致啊"。

李清照低头倾听，她听见江水在唱着一首歌，一首飘忽在眼前这片古战场的空旷与荒凉中的挽歌："力拔山兮气盖世，时不利兮骓不逝。骓不逝兮可奈何，虞兮虞兮奈若何。"霸王的血在乌江翻卷、吟唱，一直吟唱了一千年。临江而立，已经没有人能体味这首英雄末路的悲凉之歌，唯有她能够听懂。

夜间，李清照来到山后一处颓败的古庙里过夜。庙的墙皮已斑驳脱落。借着灯光，李清照可辨认出门楣上的字迹"霸王祠"。这是个很小的庙宇，面对着江水，耸立在一块突起的岩石上，庙的四面长满了丛生的灌木。多年战乱，小庙早已断了香火，周围布满了密密麻麻的蛛丝。借着残光，李清照看清了祠内供奉着的是一组霸王别姬的雕像。只见霸王伏案长吟，独特的"双瞳"目炯炯闪亮，虽然穷途末路，却依然英姿勃勃。他的左边立着一匹多年来与他出生入死的乌骓马，右边是为他且歌且舞，仗剑引颈的爱妃虞姬。

虞姬的塑像像磁石一样吸引住了李清照的目光。莫非这就是传说中那个风情万种的女子？迷濛而又凄婉的眼神，娇小的下巴，视死如归的面庞，真是惟妙惟肖。这个与项王风雨同舟、身影相随的奇女子，在为自己心爱的男人殉情的最后瞬间，没有一丝的痛苦和哀怨，唯有坦然的情怀和幸福到骨子里的微笑。人世间至情如此，真不知比帝王身下的宝座要珍贵多少倍！

李清照的眼睛湿润了。在仔细的端详中，她觉得自己是那样的熟悉她，好像是千万次地见过她。她忽然发现这个虞姬是一面镜子，她从中照见了自己。"大王意气尽，贱妾奈何生！"李清照听到这首柔肠寸断的和歌。

黑暗越来越浓。江面上的风吹奏出呜呜咽咽的凄凉，江流翻滚，发出震天的嘶鸣。

李清照的纤手滑过项王身上的每一片甲胄。黑暗中，她觉得自己是在触摸一团火——这是黑暗中陡然迸发起来的一团天火，就是这团火，曾经从江东一直熊熊燃烧到阿房宫。

江水悠悠，泊船无数，纵使晴空万里，也无船载得动昨日"力拔山兮气盖世"的冲天霸气；莫说一生只有一次失败，纵然有一千次，也永远无法抹去这伟岸男子的千古雄姿。

想到此时此刻西子湖畔依然笙歌画舫，灯火明灭，临安王朝的酣梦残酒，李清照赤灼的热情一下子冷却了下来，化为了一股透骨的冰凉。

山河破碎如亡夫赵明诚一路飘零的金石拓片纷纷扬扬；生灵涂炭似金人不歇的铁蹄下乌黑的烂泥。飞鸟群袭而自毁良弓，狡兔作祟而诛杀忠臣良将，大厦将倾啊，谁人独撑？

李清照仰天一阵狂笑，尖利的笑声划破黑幕，惊得庙宇下蛰居的蝙蝠扑棱着翅膀一阵乱撞。

李清照跪倒在项王的神台下。此时此刻，她多么渴望这位神坛上的英雄能走下来，以"横扫六合、气盖八方"的气势北上中原，背水一战，一举扫除强虏，救民生于水火之中。

李清照满腔的幽情别恨化作滴血的泪水连绵不断地流淌着，她伏在项王的像前，哭诉了整整一夜。

项王啊！你这纯钢铸成的生命，竟然伟大到毫无韧性的地步，没有一丝一毫的权宜与苟且。要么一战而灭暴秦；要么一战而弃天下；酣畅淋漓而壁立千仞，真是一种至奇至美的大活法啊！

东方开始泛白，李清照站起身来，拭干泪水，用尽灵魂的全部力量，咬破玉指，在墙壁上疯狂地涂写起来。殷红的血迹凝成一首千古绝句：

生当作人杰，

死亦为鬼雄。

至今思项羽，

不肯过江东。

自从霸王祠有了这首诗后，乌江从此不再呜咽。

自此，乌江水浪为之平息，渡口开始日日渡人。

遥想聂政

我将花环奉上，静静地挂上你无字的碑顶，我看见，花环在风中摇曳。

我盘腿坐下，面对着碑，如同面对着你，静静地思，静静地想，思维超越了两千年……

就在那年冬天，一个寻常的早晨，你打开房门，一阵寒风夹杂着雪籽扑面而来。

柴扉之外，一片冰天雪地。就在栅栏的边上，静静地站立着一个人，那人手持一个大锦箱，浑身上下落满白雪。你看了他一眼，你发现他也环转着眸子在看你。你关了柴门，转身走了，不去理他。

事后你才知道，那人专程从韩国都城阳翟赶来找你，且备了一千两黄金，想为你的老母祝寿，那人叫严仲子。

时常有人来叩你的柴门或站立在你的屋外，但是，你都不理他们，通常倒是母亲托着年迈的身体出门接应或者开导他们离去，而你，却只专做一件事：屠狗。

在轵县深井里这个集镇上，你的屠狗手艺很有名气，如同你身份的卑贱一样有名。

你晓行暮归，来去无踪，一般人很难窥睨到你的行踪。你可以出其不意地出现在任何你想要出现的地方。你的目光里有一种电一样的东西，使直接瞥见你的人不寒而栗。你紧闭着嘴唇，很少开口说话，即使偶尔开言，倒像是自言自语一样，只说一句："现在的野狗都变成狼了！"

在你屠狗的那些年月里，你所在的国度里王朝更换得很快，当地的地方官更换得就更快了。深井里这个大集镇的巡检官是个大肥差，据说主管的人巧取豪夺，能够日进斗金。不过，那些听来的消息你大不热衷，你屠你的狗，卖你的肉，很少过问，大不了让他们拿点狗肉不给钱了事。不过，那一年新来的一位主管脾气暴戾，专横跋扈，平常勒索财物不说，还往往扬鞭打人。有一天，他坐着马车巡检，你当时正拽着一只大如牛犊的恶狗过街，观众围着你和你拉的狗看稀奇，那主管顿时咆哮如狼，扬鞭抽打满街的观众，还用鞭子指着你的鼻子骂："猪狗不如的贱民"，并把一位行动不便、没有来得及躲开的老人卷进了车辕下，然后一阵狂笑之后扬长而去。你当时脸色发青，用手牢牢地扼住狗头，目送主管的马车消失在集市的尽头。等你回过神时，你手里扼着的恶狗早已断气。当时人们都说，你睁圆了的眼睛森森的，像极了画上的虎目。

三天以后，那个主管神秘地从闹市上消失了。有人看见他的车子停在城外的荒郊上，人和马都不知了去向。那几天，郊外的野狗叫个不停。官府派人查了，终无结果，也就悬案收场。

后来，派到集市上的巡检规矩多了。你的生意照旧。

就在这时，来了严仲子。他声称是你的朋友，在你不在家的时候，请最好的大夫为你的母亲医病，并且，在你母亲七十寿辰时亲自下厨，席间，还特意奉上一千两黄金的寿礼，并苦口婆心地说服你的母亲，要她帮忙说服你出来为国家效力。

你沉默着，只管喝酒，末了，也就只有一句话："现在的野狗都变成狼了!"然后，你起身，将那个喋喋不休的严仲子连同贺礼一起推出门外。

严仲子一如既往地前来看望你的老母。你无奈，决计搬迁。一个早春黎明时分，严仲子来你家，见你举家人去宅空，才知道你心如铁石，不可动摇，于是顿足大哭，泪流满襟而去。

时间一晃就过去了两年。在你的老母已经走完了她生命的全部历程之后，你坚如磐石的心开始动摇了起来。

这年春天的风格外邪乎。风起之时，弥天盖地的灰尘遮挡着人们的视线。你奔走在这样的狂风里。终于，在韩国瞿阳边郊的一个破落的院子里，你找到了双目失明的严仲子。

你终于说话了。你说："向日高堂家母尚在，我不能轻言以身殉国，现在，母已故亡，我心已安。女为悦己者容，士为知己者用。说吧，需要我为你做什么？"严仲子涕泪俱下："贤弟呀，老夫是有一事相托，可又怕拖累了你呀！"你说："不然，想我一介屠狗者，平常被人视为草芥，却承蒙先生刮目相看，千里奔投，且屈尊降贵，事我屠狗者家母至孝，尤备千金之礼以示相看之重。人非草木，孰能无情？今生今世，能类先生之举者有几人矣？先生不要再推诿了。"

严仲子说："既如此，我当有所托。我乃韩国世代相国之后，当今韩相国侠累，谋杀家父，篡夺相位，灭我三族，现已大权独揽，威逼韩王，涂炭人民，朝野震怒。如先生能助我铲除此贼，以报家仇，以雪国耻，我将死而无憾了。奸贼防卫甚严，愿先生多带人力，我全力操办，早除韩贼。"

你听完后，仰天一声长笑："我视其如猪狗耳！不必了，人多口杂，我一人足矣！"

那天早朝时，狂风大作。你袒着胸脯，仗着长剑，阔步急行。别人都睁不开眼睛的时候，你却目如铜铃，直视大殿前方。有几个拦住你去路的士兵立刻成了你的试剑物。你的肩膀撞翻了那些已经来不及抽身的门卫。你来到一顶备好鞍的豪华马车前。你看见了那个不可一世的侠累。你没有等他叫喊，就一剑枭了他的首级，掷在殿门之前。

士兵越围越多，你已无意突围。大事已毕，虚度无益。你忽然长啸一声："人生为一大事来，成一大事去，复何憾哉！"你已经用剑刃刮去五官相貌，饮剑身死。

你死了。你惊天动地、无名无姓地死去了。没有人知道你是谁。一代王朝却在你横陈的身后迭更了。

多年以后，一位双目失明的长须老人手敲竹板，走街串巷，向世人叙说着一个名叫聂政的英雄的故事。

最后一次封神

太公望独坐于潘溪石上，伫望着汩汩东去的溪水，捋了一把雪白的胡须，自言自语地说："信也夫，逝者如斯矣，不舍昼夜。"

太公望抱起瑶琴，抚在怀中。他朝膝下的潭水缓缓地洒落一杯美酒说："就让流水捎去我的奠念，就让清风送去我的心语吧，妲己，我知道你不能安息。"

太公望抬眼望天，见天高云垂，气象森严，他便用手中的琴弦和着流水的节奏弹奏出低沉如泣的琴声。

就像风浪之于岸边嵯峨的岩石，就像烈火之于身后那茂密的树林，秩序的法则在无情地摧毁着一切。

妲己，你我只是这秩序法则世界里的两枚小小的棋子。世上的一切都是劫数，万事无缘可言。可叹的是，你竟为那个暴君玉殒香消，血染尘埃，而且还背负了一个万古不复的骂名，成为历朝历代王者禁忌的祸水之源。

当初，依照上天旨意，你我各负特殊使命投身凡尘，我们是刺向罪恶的商王朝的一对雌雄利剑。你终不辱使命，果然从商王朝内部挖空了它赖以支撑的根基；我则从外围率领千军，捣毁它外强中干的躯体；我们里应外合，天衣无缝，终于成就了周王朝的八百年基业。若论功行赏，你以柔弱之躯，潜入虎狼腹地，在颠覆商纣王朝的伟业中立下了千军万马不可企及的功勋，实际上，你才真正是周朝的第一大功臣。可我奉天上之命，封神无数，无论官位尊卑，有功必赏，可惜的是，谱系之中竟然没有你的名号；实不相瞒，就连我的那位五官不正、四体不勤的马氏夫人也都榜上有名，受封为厕所之神，世世代代享受人间的一柱烟火；而你，一代名媛之首的花魁仙女，竟在武王的三尺剑下身首异处，岂不是千古奇冤！

流水呜咽，山猿哀号，而落叶萧疏。太公望的琴弦怆然乍起，如秋雨临江。

妲己！你是否能听得见老夫的心声？

如果你当初没有修养得那么娇、那么柔、那么媚，纵使天皇娘娘慧目所极，也定然不会遴选到你的头上；而纣王，即使再淫荡，见了你，也不会仿佛是沙漠里即将渴死的人发现了甘泉一样，疯狂地匍匐前去。想当年，你袅袅婷婷地从满朝文武面前走过，步态虽柔软无声，但却像天雷一般震击着每个人的心灵。且不说别人，就连站在丹墀之下形如槁木、心如死灰的我，一时也禁不住血管膨胀，心跳加速。

万物有度。纣王乃男人之极，男人之极因过分勇毅而暴虐，因太过风雅浪漫而淫靡；而你是女人之极，女人之极因娇柔婉丽而狐媚，因猎奇使气而刁蛮；纣王与你，正是前世的一段至极的冤孽，今生相遇，如烈火干柴，一发不可收拾。

这个世界上的男女之所以能存活下来，全凭一个"情"字！人生天地之间，谁能逃脱情的困扰？记得有一次，女娲娘娘为了试验天底下的人是否能逃情，她把一个因情殇而一病不起的男子救上天国，她教他修炼，帮他成仙，他终于学业有成。一天，女娲派他去完成一项任务，男子愉快奉命前往，在驾云路过一条大河时，他看见一个浣纱女子光彩照人般地屹立于河边，她的颈、她的手、她的足在太阳的照耀下一片耀眼的白！呀！男人顿觉目眩神驰，凡念顿生，飘忽间，竟一头从白云间扎入河中。一切苦炼都炼不灭情欲啊！

太公望一声叹息。

一个普通人尚且如此，何况一个权倾天下，威震八方的帝王！当一个人拥有世间上的一切而又心知不能永生的时候，一种骨子里与生俱来的"及时行乐"欲念就会油然而生。越是坚不可摧的灵魂，就越是难于抵挡住旷世丽人的惊鸿一瞥。而你却是这般美，这般娇媚，在你蚀骨销魂的仪态面前，没有人不乱方寸。你知道吗，就在纣王自焚鹿台之后，我看见士兵把你搜寻出来，你步态从容地走向武王。我看见过武王望你时如痴如醉的目光，还有，我忘不了他那只本来强有力的、却抖得像风中的树叶一样握剑的手。

后来，你死了。你不是死于所谓的"助纣为虐"的罪过，而是死于武王对自己欲望的恐惧。没有几年，武王也死了，他死于对你的愧疚和思念。

太公望嘘了一声。他又将一杯酒倒入潭中。

美是一种至高无上的精神慰藉，没想到却经常被人用作灭亡天下的利器。而且它屡试不爽，所向披靡。在你之前，有夏桀惑于妹喜；在你身后将更有幽王惑于褒姒；夫差惑于西施；灵帝惑于飞燕；玄宗惑于玉环……凡此种种。历朝历代，层出不穷。可悲的是，主宰天下的男人们主宰不了自己内心的欲望，到头来亡国败家，反而痛骂你们是红颜祸水！天道之不公，世事之无常，由此可见矣。所以，虽然你没有封号，但在我心里，你却永远都是一尊至美至纯、至奇至幻的无冕之神。

太公望的琴声愈显平和、空旷。有几只蛐蛐也跟着开始鸣唱起来。

太公望见一轮圆月映在水中，滢亮滢亮地沉在那里，他心里忽然一震，仿佛看见一股香烟袅袅地从潭中升起，悠悠地弥散于夜空中。

你的家园之梦

你一个人孤零零地在那个无边无际的世界里生活得太久了。有一天，你终于决定结束这场无根无底的漂泊，回到地球上去。

当你的双脚踩在柔软的地面上时，一股久违了的泥土气息从四野弥漫而来，并包围了你，你感到无限的亲切和温暖。

那一刻，你有了哭的感觉，你觉得世界太美好了。这趟银河之旅起码耗费了你三十年的光景。

步出空阔的地面接收站入口大厅，你那辆银灰色的猫头鹰如期而至，看见你有些疲惫地向它走来，它高兴得四个轮子乱弹，唐老鸭似地哇哇大叫："欢迎，欢迎主人太空归来，猫头鹰乐意为您效劳。"

"都是些什么话呀，"你嘟囔着，一俯身钻进已经打开了门的座位上。

你系上安全带，顺手打开储藏柜，从里面取出一瓶可乐开始呷啜。这时你的猫头鹰"噌"的一声十分利索地展开了地面上的飞驰。

路畔的老杨树正在绽放柔嫩的绿叶。原野上空荡荡的，已经看不到农人耕种的痕迹；大片的土地荒芜着，杂生的野草无边无际地蔓延开去，像是盛满凄凉的草原。

大概没有人再需要庄稼了吧。你想。

远方，高楼和塔架在云中闪现，机器的轰鸣声通过消音塔隐隐传来低沉的震颤，一波一波地让你的耳朵感受到一丝丝的酥麻。

平坦的大路笔直或者弯曲，安安静静地在你的面前铺展开去，偶尔能瞥见一两辆猫头鹰的同类疾驶而去。

猫头鹰谈兴很高，聒噪得你的耳朵很不适应，于是，你动手按了一下"语言设置"停止键，猫头鹰便知趣地闭上了它无形的大嘴。

驶进你熟悉的街区了，街面的格局还是老样子，只是新楼盖得更高、更大了。

行人越发少见，有时连续几分钟你都瞧不见一个。满街都是带轮的甲壳虫在穿梭，而且都是像猫头鹰这样无人驾驶的类型。

你需要补充一些生活用品，于是，猫头鹰在七扭八拐之后径直来到"百慕大"超级市场的门口。

玻璃门刚刚褪下，一辆精致的银光闪烁的双轮小推车就自动滑上前来，"您好，先生，我叫安妮，我能为您做点什么?"

你交代了需要购买的物品，然后静静地等候着。

你看见超级市场的台阶上站立着各种各样的小推车，它们有的在交头接耳地闲聊神侃；有的四个一组在玩桥牌；有的一晃一晃地摇摇欲坠，似乎在打瞌睡。

那个名叫安妮的小推车伸出长臂把你要的东西一股脑儿码进你身后的空座上，你付了货款后，还顺手给了她小费。"谢谢。"她说。

现在的人真能享福，买任何东西都不用自己亲自出动，全都可以交给坐骑代劳。有些机关单位的会议场所就直接设置在停车场，因为大家都不用到会，只派汽车来作作记录就行。

猫头鹰的消音键自动取消了。它又开始喋喋不休起来。你叹了一口气。

黄昏很快就消失了。这时，天下起了蒙蒙细雨，满街的霓虹灯闪烁起来了。湿漉漉的雨雾，湿漉漉的路，光怪陆离的特殊气氛让你顿时生出了"局外人"的感触。你的心情暗淡了下来。

猫头鹰未经许可就直接驶进教堂的广场。你看到数以千计的车辆黑压压地聚集在雨中。神父在露天的讲坛上双手高高擎起，湿漉漉的黑色袍子长长地拖在讲坛的台阶上，雨水淋湿了他的头发。几千辆车同时发出巨大的声响，一齐随着神父的导引，吟唱着"阿门，阿门"。然后，神父脱下湿袍子，一头钻进黑色的轿车里，悄然消失在茫茫的雨雾之中。

"我的上帝!"你说，"现在连汽车都开始信仰上帝了。"

市政广场彻夜灯火辉煌,高耸入云的市政大楼如同擎天之柱,一头钻进黑雾沉沉的夜空里。猫头鹰绕着圆形的市政广场徐徐地转了个半圆。你看见,醒目的电子数码显示屏上正在公示第六十四届市议会的名单。九百八十位当选的议员当中,半数以上的名字是以车牌号码的形式出现的;这就意味着,这座城市已经是一个不完全以人的意志为转移的城市了。

猫头鹰继续以缓慢的速度在大街的湿地上小心翼翼地行进着。你的心情明显地开始忧郁起来。

你看不见那些往日见惯了的一朵两朵绿的紫的雨伞下粉白色的脸,也看不见任何一个身穿雨衣的人在路灯下匆匆而过的身影。满眼望去,只有流动不息的车流,整个大街完全不是你想象中应有的样子。

过去,在人行道与车行道交接的沿途路沿上,通常都设置有巴士或者计程车的乘车点,而现在没有了。代替它们的是一些高高的旋转平台和楼房一样的载车大巴。

这些地方像码头一样,形形色色的轿车排成长队,等待着一辆挨着一辆地开上平台,然后又一辆辆驶进载车大巴,最后被整体运往各处。

你大惑不解。猫头鹰告诉你,现在有身份的小车一般路途长点的都不亲自行驶了。大家都乘载车的"汽车巴士"往来穿梭,图个轻松自在。末了,还补充说,它自己就常常与朋友们结伴乘车去郊外的乐园痛饮"汽车啤酒"或者兜风玩。

你突然烦躁起来,你大声地命令提速。

猫头鹰立即像箭一样射向前方,驶向这座城市另一头的郊外。

风从挡风玻璃的缝隙中扑面刮来。你开始感到一点快意。你打开音乐键,点了几曲克莱德曼的钢琴小夜曲,饶有兴致地听了起来。

"真老土。"猫头鹰含混不清地咕哝了一句,接着吹起了光头黑人爵士帮的街舞曲旋律抗议起来。

你正想告诫猫头鹰开车不要心不在焉,也不要在主人面前太放肆时,蓦然间你一回首,发现在你的身后竟然悄悄地尾随着一条汽车的长龙。那些车辆眨巴着幽幽忽忽的车灯,随着猫头鹰的快慢节奏调节着与前后车辆的间距。你有了一丝恐惧,你嗅到了一种被跟踪的危险。

后来，你终于可以松口气了，猫头鹰甩掉了所有的跟踪者。

"这是怎么回事?"你问。

猫头鹰说："好奇。这个城市里已经有很长一段时间不曾看见过陌生人了。"

"人们都去哪里了?"你问。

"也许和你一样，都到太空旅行去了，或者被蒸发掉了，谁知道呢?"猫头鹰说完这句话，车上配备的所有灯都忽悠地暗了一下。

猫头鹰需要加油了。它驶进了一家叫"荒原"的加油站。你知道，这座加油站是以两个世纪前一个著名的英国诗人艾略特的成名诗集的名字命名的。

猫头鹰打开加油装置，一股气体"哧"地冒了进去，油便加好了。

加油站里有三五辆轿车也停在那里，猫头鹰显然认识它们，它给它们眨巴眼睛，向它们打招呼。

你已经相当疲倦了，于是你昏昏欲睡起来。忽然间，你听到一个声音："这个城市多一个人，就多一分危险，我们不能由着他在城里逛来逛去了。头，我们什么时候动手?"

你分明听见猫头鹰说："慌什么，我们等他睡熟了再动手不迟。"

你忽然睡意全消，你全明白了，你一下子睁开了一双圆溜溜的眼睛。

四季门

这座古老的宅院很悠长，阿枚每天要穿过好几道门才能到达自己的住所。

山城多雾。没有阳光的日子很寂寞，也无聊。

又是一个冬雾弥漫的早晨，阿枚坐在门槛上想心思。这女人哪，进什么样的门就得过什么样的日子，一点不假！正想着，阿枚就看见那个白发老头的脑袋从乳白色的雾中一点点绽露出来。老头有些面熟，似乎在哪儿见过。一愣神之间，那老头已经从面前闪身而过，很快又消失在雾中。正迷惑时，她发现自己的膝盖上竟然多出一幅挂历——一幅散发着油彩馨香气味的挂历，上面还注释着一小行字：一种门即意味着一种生活。新年将至，挂历来的也正是时候，阿枚虽然觉得这幅挂历来得有些蹊跷，但她还是把它挂在了墙上。

晚饭时，一身疲惫的丈夫出车回来了。他从口袋里掏出了一天所得的全部收入，交给阿枚，然后洗脸、吃饭，随之倒在床上鼾声四起。

阿枚似乎挑不出丈夫的毛病，但却觉得这样的生活让她打不起精神。于是，她在无聊中翻开了墙上挂着的那幅挂历。

刚翻到第一页，她的手就微微一颤，她看到了一道漂亮的罗马门：阿发黑色的长发一抖一抖地晃动着，轮廓分明的脸上洁白的牙齿闪闪发亮。他笑着朝她走来。阿枚顿觉自己被裹进了阿发清香四溢的风衣里。她开始尽情地吮吸着他的气息。一阵低呼过后，她在瞬间里被他淹没。他的舌灵巧地探入她微微张开的唇间。他的爱潮水一样将她淹没了。

阿枚突然记起她在他的宅院里举行过庄严的婚礼。他们幸福地生活在一起已经有许多日子了。阿枚从阿发的风衣里探出头来。她看见遍地的花儿都在绽放着妩媚。恍惚中，她仿佛看见阿发的身子在一群裸体的女歌迷中间翻起了层层白浪，像一只游动在鱼儿之间的海豚。阿枚真是不能够忍受眼前的一切。可阿发却乐此不疲。歌迷就是我的生命！阿枚听见阿发磁性的声音回荡在她的耳际。她愤怒地冲出了阿发庄园的罗马门。

阿枚用颤抖的手翻开了日历的第二页。阿枚就一下子坐进了夏日的风里。透过黑色橡木的门框，她看见的是一双男人的眼睛，这眼睛明朗而深邃，她能感觉到目光的温度。他抚摸着她的长发，她的肩头，他捧着她的脸仔细端详，像欣赏一件稀世艺术品。

他是一个诗人。

他在月夜里为她朗诵诗歌；他带她去看海，去逛边境线上的"风情街"，去吃胡同深处的麻辣烫……

生活就该这样，像一首诗，一首浪漫的诗！这正是她做梦都想过的日子！

然而，他并不是温顺的小绵羊，他有时暴躁得像大雷雨。他会突然在午夜里将她从睡梦中叫醒，红红的眼睛像星星一样发光。他会对她来一通滔滔不绝的演讲，又把现代文坛的作家们骂得狗血淋头，说他们个个都是废物。而后，撇下她酣然入睡。

越是经济拮据的日子，他越是喜欢和朋友们聚会。他们在一起抽烟、喝酒、吹牛、放屁，还冲着天花板吐痰。天哪，除了酸溜溜以外，阿枚深感他和顾城犯了同一种疾病。阿枚想到的第一个念头就是赶快逃离。阿枚喘着粗气逃出了诗人那间又黑又脏的房门。

阿枚的身体一歪，日历就又翻到了第三页。

阿枚看到了金黄的阳光下一道彩虹色的镶金造型门。大镜前，她抚摸着自己双耳戴着的那对沉甸甸的钻石耳环。她看见一颗肥硕无毛的头颅正一步步走向雍容华贵的自己。"亲爱的，任何一件物品只要你能叫上它的名字，只要你想要，我都可以满足你，但有一条你必须听我的，你不得随便走出这个房间。"说着，他就把自己滚圆的身子放进一张庞大的沙发里，眯着眼睛，吐出了一团团烟雾。

阿枚安慰自己，这人除了身子短些，肚子大些，头发稀了些外，倒算是个金龟婿！他的阔绰与豪气和他的职位不差上下。再说，他还要带她周游世界，仅凭这一点也够她回味一辈子的。阿枚正安慰自己，这时她听见门廊外有脚步走动的声音。"赵局，有人找您!"

阿枚就听见警车的鸣叫声。她愣愣地站在那里，觉得周身一阵寒冷。

惊愕之下的阿枚一把抓过去，三张崭新的挂历被同时撕了下来，让她愤怒地扔在炉火上。

阿枚看见墙壁上最后一张挂历孤零零地留在那里。画上的朱漆门和自己的家门一模一样，而且外面一派冰天雪地。

下雪了! 她一声惊叹。阿枚轻轻推开一扇小窗，外面的天空正飘扬着一片一片的雪花。

"亲爱的，你慢点飞，小心前面带刺的玫瑰……"睡醒了的丈夫开始在卧房里哼唱着这首庞龙的歌。

炉火上的日历开始燃烧了，纸灰在红红的火焰中飘了起来。阿枚分明看到一群紫色的蝴蝶在晚霞中旋飞。

"你神经啊! 这是新挂历!"

阿枚感到丈夫的惊叹声竟像蚊虫在叫。

天 堂

　　大师转动着一双深邃的眸子，用一贯挑剔的眼光审视着子娟送来的一幅画，半天才轻叹一声：果真才华不凡哪！

　　大师第一次看到子娟的画时，就感到这个学生潜藏着巨大的能量。她模仿自己很像，只是用笔更加大胆，构图更加洗练；在色彩的处理上，似乎常常透露出一种来自灵魂深处的激情和力量；在绘画的表征之外，大师还看到，子娟的天赋才华与灵气还赋予了她的画面一种象外之象，这一点，正是常人难以看到的，也是他一生都在追求却又无法企及的地方。

　　大师担任美术学院环境艺术系绘画专业的博士生导师已多年了。可还是第一次为一个叫子娟的女弟子的画所折服。令他惊讶的是，子娟刚进校不久就为自己成功地举办了一次个人画展。画展给子娟带来了巨大的声誉，整个展出被媒体看好，一时间被渲染得沸沸扬扬。渐渐地，作为这样一个学生的指导教师，大师由起初的惊喜开始感到了压力，并在不知不觉间慢慢地涌起一股不甘心的嫉妒之情。这是他有生以来第一次因恐惧学生的才华而生出的妒意。

　　这个城市即将竣工一项宏伟的地铁工程。地铁站入口大厅两旁长长的走廊上需要绘制两幅巨型壁画。一次次竞标遴选过后，大师和子娟同时承包了这项巨大的壁画绘制任务。尽管子娟和大师做着同样的工作，而报酬只是大师的三分之一，但子娟依然为自己能和大师并肩工作而感到激动不已。

　　可大师并没有因此而骄傲。相反，他的心里竟生出一丝酸涩。他给子娟定了一项严格制度：为了避免雷同，在绘画未结束前彼此不能进入对方的绘画区域。

为了不受干扰，大师要求双方用厚厚的布帘把各自的领地像马戏团一样严密地包围起来。

子娟对导师的这一决定疑惑不解，但她还是遵从了导师的这一建议。为了不惊扰老师，她轻轻地来，轻轻地去，轻轻地在自己的围帘圈里工作着。

日子一天天过去了。这天，大师手持画笔，盯着白白的墙壁愣神，他的注意力怎么努力都集中不起来。既然无法专注绘画，大师索性放下手里的画笔，拿出了他那件密不示人的方镜反照自己的画作。当绘画的可视距离受到限制时，用镜子反照一下，距离可成倍增大，这样便可以通过反向的方式清晰地观察到画面所存在的毛病。这是他从达芬奇的秘技中学来的一招。大师从镜子里看自己勾勒出的壁画构图在许多地方仍然显得苍白无力。他站在高高的脚手架上，无意间镜子一转，就看见了子娟幕帘后面的场景和画面。子娟的手指在画布上轻浅地勾勒出了一条地平线，将天和地、草原和山峦细细分开。但见白雪覆盖的原野上，一丝凄凉感仿佛笼罩着整个大地。一群受惊吓的鹿儿被人类穷追不舍，在漫天风雪中逃命，一只鹿王跪在地上，向人类哀求：放了我的子民，我代替它们接受人类的惩罚！鹿王无畏死亡的勇气使得这幅画透出了生命的气息和禅的灵气。大师禁不住轻叹一声。

与学生表现生态环境题材的构思相比，大师表达当代浮生世相的人文关注题材似乎更加宏伟。他决定和自己的学生进一步拉开艺术上的距离。他要来个别出心裁，设法超越她，甩开她。

经过长时间的苦思冥想，大师决定将自己的绘画来个雾化处理，让完成后的画面朦胧、迷离和缥缈起来。他买回蜡烛，在自己的画作上烘烤和熏染。谁知，智者千虑必有一失！大师这一招却失误了，一不小心，他辛苦画出的画作让蜡烛烤毁了。精心绘制的形象上的油彩全流了下来。精明的大师被自己犯下的愚蠢错误气昏了。他向后猛退一步，一下子从架子上重重地摔了下来。

大师从此一病不起。

提前完工的子娟沉浸在对大师伤痛的悲哀中。大师的失败和摔伤让她无可适从。她只能时常去病床前探望受伤的大师，直到有一天，大师小心翼翼地从怀中掏出了他那张构图小稿，她才明白了大师的一点心思。从此，子娟日以继夜，一头扎进往日不敢越雷池半步的区域，埋头工作了起来。经过二十多个昼夜的无眠赶画，大师的那幅被蜡烛毁坏了的画作不仅恢复了生机，而且还焕发出了奇异的光彩。

一个天色渐白、太阳快要升起的早上，子娟将最后一笔油彩轻轻落下。她揉了揉酸涩的眼睛，不由自主地打了个哈欠，将自己疲惫的身体卷进一个睡椅里。

大师是在太阳升起时柱着拐杖走进自己的工作棚的。他几乎不敢正视墙壁上那些已经焕发出耀眼的艺术生命力的画作。但见两行热泪悄无声息地落了下来。

望着长椅上熟睡的子娟，他悄悄地走到她身边，用极端轻柔的动作为她盖上毛毯。

壁画的背景下，睡椅里侧身斜躺着一个梦境中的女子。她的长睫轻合，她的巧手玲珑，她的躯体起伏有致；还有她身边重重的帷幕，渐渐地形成了一幅无比清晰的画面。它的名字就叫《天堂》。

心宁的休闲生活

心宁是个有味道的女人，这一点比她的漂亮更引人注目。

可她也是个寂寞孤独的人。

当丈夫外出第100天之后，心宁突然觉得她得了"病"，一种极度花心的病。她想鼓起勇气去做一件事，她要像男人一样去征服对方，然后将他抛弃。

心宁开始像猎人一样寻找目标，一番寻思，她在网上锁定了一个"知己"。他叫"孤独的人"。仅凭这个名字，她就觉得和她很合拍。

"孤独的人"果真没让她失望，一开始他们就十分投缘，他风趣、刚阳，还善解人意。

她被他深深地打动，禁不住加大了追逐的步伐。

爱需要趁热打铁。网上约会了100次后，她决定约他见面。

他欣然应允。

就在"红磨坊"咖啡屋吧，那里的空气尤为浪漫。

心宁主动得厉害，她早早就坐在咖啡屋一个醒目的位置，等着他的到来。

她成百次地想象他的模样，想得她心潮澎湃，想得她心儿咚咚地跳。

好不容易才按捺住了情绪。余光里，一个模糊而庞大的影子悠悠地朝她晃来。他踩着慢悠悠的步子，夸张地扭动着身躯。心宁任意瞥了一眼，顿觉一股冷气将她噎住，浑身上下，从脊梁到脚底一阵彻骨的寒。

仔细辨认，她发现对方竟是个女的，只是留着男人的发型，长着一副男人的体格。

"哈哈哈"！心宁一声长笑，旋出了"红磨坊"。

身心疲惫的心宁又重新回到自己那间寂寞冷清的屋子。不过此时，她感到体内的那种"病"突然减轻了许多。她想好好放松一下自己。

她关掉手机，让外面五花八门的信息传递不进来。她又想，应该关掉电视机，让整个房间不再银屏闪烁、吵嚷不息。

这下好了。房间里和外界可以交流的只剩下那台电脑了，一看到电脑她就生气。现在她看都不想多看一眼，每次打开电脑就是为了和他"见面"。她明知道虚拟的东西靠不住，但却按不住一颗跳动的心。那些动感的词语不停地触动着她身上的敏感部位，弄得她的心像猫儿抓。她像一个裸体人站在山岭上，望着远处的火，干着急没办法。女人怎么就这么经不住诱惑呢！见鬼去吧，心宁猛地切掉了电源。

她只想独自一人呆在家中，什么话都不说，什么事都不做。

心宁的房子处在小区的高层建筑群中，身处十二层的高度，她感到站在这么高的楼盘上，脚下的这块土地像挂在桅杆上的帆布一样飘来飘去。不过这并不影响她此时此刻的心情。相反，她忽然觉得有时活得虚无缥缈一些是一件好事。

心宁一手端着茶，一手端着酒杯，漫无目的地走上天台。她坐在那里看马路上如水的车辆，用一种陌生而欣赏的目光审视着这个城市。她忽然发现整个城市布置得太完美了。这是一种最大的缺憾：太完美了就没有败笔的参照，没有缺陷就没有生机，怪不得平日里总是打不起精神！

"嘎——嘎——"，楼下发出一阵阵警车的鸣叫。心宁朝下望。楼下已经汇聚了一大群围观的观众，密集的人流还在不停地向这里靠拢，各种车辆的叫声不断响起，消防干警武断地推开人群向她喊话。有一些摄像记者也不停地寻找切入角度，抢拍镜头。

此时的心宁有一种壮怀激烈的感觉。她想，如果此时她像一片叶子一样飘落下去一定会非常豪迈。心宁真有了向下飘落的冲动。她甚至听到了她尖锐的惊叫。

她的身体就旋在楼梯外面，只要一个小小的举动，她就能使空气在瞬间里窒息。

可付出生命的代价需要多大的勇气呀！而她却没有一丝一毫的心理准备。

她下意识地向前挪了挪身子，就一下子定在了那里。

她看见她脚下的露台上正站着一个披头散发的女人。

远去的足音

大师仰起他飘满白须的脸，承接风的轻抚。他的眉眼上、面颊上，甚至嘴唇上都落了一层从采光窗上撒落下来的黄沙。

大师把手中一团冒着热气的泥敷上他正塑造着的人体躯干支架。他预感，这尊观音像，可能又是一件报废品。

出道四十余年，他的足迹踏遍大江南北的名刹古寺，一双号称"鬼见愁"的妙手不知塑造出多少尊令世人惊叹的雕塑精品，竟然在这尊等身大小的泥观音像上犯了踌躇，一连塑了二十八尊，皆成了废胎。

大师叹了一口气。难怪各大美院的教授们在这尊需要恢复的残件上下足了功夫后纷纷收手，原来这个残件是唐代罕见的一件逸品，其妙曼婀娜，曲尽天工之上乘造诣，想必是神来之作，可遇而不可求。

作为民间的泥塑工艺大师，他是恢复这尊残件的最后希望。走进772号藏经洞，第一眼看到这件观音残件时，他感到震惊，感到战栗，感到那逸才旷世的绝美：它只是这间洞窟大法像旁边的一尊协侍观音的一对脚而已，两只脚的一只脚踝以上部分断裂无存；另一只的脚掌心处以外部分没了踪影，孤零零地遗落在底台之上，犹如一个隐形人不小心露出的双脚一样，充满了活力与灵气。久视之间，似乎能够听到她沉静的足音，感受到她弥漫的脉力与张力；那脚后跟形似柔软的鹅蛋，脚趾状如卧蚕，脚蹼脚弓伏翘自如，仿佛不是人工塑造，而是上天留在人间的一对信物。可以想象这样的一双脚所承载的那尊躯干当年在落成时是何等的仪态万方与妙不可言！现在要恢复她的原形，实不亚于创造一个奇迹！就像当年希腊米罗斯岛上出土的维纳斯雕像一样，那失去的仅仅只是双臂，却让整个欧洲的艺术家们绞尽脑汁也束手无策。何况，这里失去的却是整个一尊雕像。

大师反复遴选资料和图片，试图找出其中可资调用的片断来；他也曾多次更换不同的模特，其结果都不能尽如人意，造像往往是单独看起来已经惟妙惟肖、形神俱佳了，可与那双脚配在一起，即刻显得僵硬呆板，没有生气，相去甚远。

第二十九尊塑像失败之后，他让徒弟销毁所有的泥胎废模，准备打道回府。最后一次久久地注视着那双神秘的佛脚之后，大师对自己失望至极。

正在这时，洞窟的门吱呀一声开了，一位女子盈盈而入。大师抬头，眼前猛然开朗，他分明看到了一束阳光。女子飘进洞窟，款款地尘埃落定，伫立在洞窟的中央。女子的着装很随意，一大块亚麻布斜斜地搭在肩上，长长地划拉着，只在腰部系了一条细细的绳纹结带。她的面部轮廓清晰朗洁，没有任何化妆品雕饰的痕迹，一双纯净的眸子透着专注与清澈；她的双脚几乎没穿什么鞋子，就像是被两根布条勒着，站在覆盖着薄沙的砖面上，恰如两朵婀娜的白莲，静若处子地漂浮着。

大师几乎没听见女子给他说了些什么，只觉得她的声音好听极了，好像来自天外。她似乎在用语言和体态告诉他，她是搞舞蹈的，并在原地转了个圆圆的圈。大师的眼睛忽然被女子的旋转擦出了一团火花。他觉得周围一下子漆黑起来，这女子就是一轮绽放着缤纷花蕾的火团，那火团似乎在鼓励着他的双手。他的手自作主张地去触摸那团火。他摸了她的头、她的前额、面颊、双目；接着是她的脖颈、双肩、臂膀和背部；他还仔细地抚摩了她高耸的胸部、下腹、大腿直至双脚。到这里，他的双手已经不再是抚摩而是紧紧地握住了。女子被他突如其来的大胆惊得不知所措，而他却激动得喃喃直呼："泥——，快给我泥……。"

一股莫名的羞忿变成了一朵驼色的红云腾上了女子洁白的面颊。她捂着发烫的脸，风一般地冲出了洞窟。大师茫然地望着女子的离去，如同看见一只受惊的白鸽，翩然飞出洞外。

那尊残件终于复原成功了，配在那双神奇的脚上真是恰如其分，血脉相连。

大师决意留在大漠戈壁中，终日与黄泥为伴、与风沙为友来继续他的事业。他在洞穴的宝藏中发现了一个极乐的世界。

两年后的一个风和日丽的日子，大师正为新发掘出的一件稀世瓷瓶的残角补遗。忽然，一位雍容华贵的女郎嫣然而入。她的全身缀满了饰物，一双高跟长靴几乎遮掩了腿的全部，一头黄中带红的卷发遮去大半个面颊。她的出现让满身粘满灰泥的大师有些茫然。当她看到自己热烈的自我介绍换来的不是大师两年前的那种痴迷与惊喜而是一脸的冰冷与失望时，她的脸又一次真正的红了。

　　大师用泥乎乎的手拍了拍自己的前额，他一下子想起了当年那个匆匆逃离的女子。他喃喃自语地说：美消失了！噢，幸亏我把她封存在泥胎中。他仿佛又一次听到两年前那个女子那双活蹦乱跳的脚踩在沙窝里的足音，沙沙地愈跑愈远，一直跑到沙漠的尽头，没了。

失去记忆的日子

　　这个城市的人行道上不知什么时候忽然就多出了许多个窟窿，行人稍不留神就会坠入其中。

　　白小凡那天可谓祸不单行。在办理一宗案件时，他和局长发生了分歧，局长摔了杯子，令他停职反省。白小凡把自己关在办公室里闷了整整一个下午。天黑定了，他才把头伸出窗户，查看四周无人时，才出了办公室。那晚，他感觉自己像只老鼠，专拣树荫遮挡的黑樾樾的人行道走。忽然，他脚下一轻，人就"嗵"的一声，掉进了一个黑洞。白小凡只觉得头"嗡"了一下，就什么都不知道了。

　　当白小凡睁开眼睛时，第一眼看见的是一个像向日葵般绽放微笑的妇人的脸，接着，他又看见了一个胖乎乎的、长着单酒窝的小男孩的脸。可他全然不记得他们是谁，他也不知道自己是谁了。他把一切事情都忘得一干二净。医生说白小凡脑部的一根记忆神经受了刺激，一段时间内无法恢复记忆。

　　白小凡得了健忘症，刚刚做过的事情片刻间就忘个精光，在路上走着走着竟忘了回家的路，他的脑子只能进行单项思维，谁让他做什么他就做什么，昏昏然不知天地之有无。为了能使丈夫认出自己，妻子看到他，脸就笑成了一朵花，她逗他、乐他，柔情似水般地爱他；孩子也顺从了许多，天天按时上学，不再逛什么网吧、打电子游戏了；和他有过隔阂的亲戚们也不时地向他问寒问暖；曾经和他有过过节的邻居见了他都主动笑眯眯地向他打招呼；同事们热爱他，天天抽空儿来找他聊天，因为他凡事都一味地服从，不会和任何人计较得失；连一向对他吹胡子瞪眼睛的领导也开始重视起来，隔三差五派人来看望他。白小凡活得舒心、快乐，整天乐哈哈地对谁也没有防范之心，内外一片祥和，成了"早就记不得了"的典型风范，人人都给予了他太多的关爱。

白小凡的身体恢复得很快，伸胳膊动腿跟以往没有什么差别，除了健忘，他什么都好了。于是局里请他去上班。

一天，白小凡被派往一个小区抓赌，目标是一单元楼的二楼一号。白小凡执行命令敲门。他敲门，门不开，再敲，仍不开，室内的麻将声此起彼伏。白小凡又执行命令翻阳台。白小凡翻进了阳台。他第一眼就看见了麻将桌上坐的那个大黑脸，这人怎么这么面熟呢，好像在什么地方见过，可就是怎么也记不起来了。他正要"拷"那个黑脸，黑脸猛然站起，只听"哗啦"一声，桌上的麻将就撒落了一地。黑脸指着白小凡怒斥："从哪里来就从哪里给我滚出去！"白小凡就从阳台上往外滚。白小凡的双腿在空中画了个圆圆的弧，便"咚"的一声掉到了阳台下的草坪上。

白小凡闻到了一股泥土的香气。他觉得眼前猛然一闪，记忆的闸门忽闪一下就打开了。他记起来了，记起来了，那个大黑脸就是他的顶头上级——局长大人，身边坐的那个穿着花格子外衣的老妇人就是局长的丈母娘，她一定是搬新居了。啊，我怎么抓赌抓到局长的丈母娘家里了呢？她是什么时候搬的新居？哎呀，看我这个猪脑袋。白小凡把自己的头敲得砰砰响。

白小凡顺利地找到了回家的路。他一下子就记得了向日葵般的圆脸就是他的妻子，那个胖乎乎、长着单酒窝的小家伙就是他的儿子。

白小凡的记忆恢复了，这简直是一个天大的好消息，全家人都乐开了花。

一天，白小凡站在阳台上看风景，他看见妻子从一个绿色的车里走了出来，白小凡立刻就记起了有一个开着绿色轿车的人经常到他的楼下接送他妻子的情景，他还记得他曾亲眼看见他和她走在花园里，彼此挨得很近，简直就像一对夫妻。"这个女人在我失去记忆的日子里不知干了多少风流韵事！"白小凡的心里痛痛的。他立刻就开始审讯手提菜蓝刚刚走进家门的妻子。妻子委屈得直流泪。晚饭时，他看着正在吃饭的儿子，突然就想起了有一段日子，儿子总是逃学，偷偷地进网吧上网聊天，被老师当场抓住，还让他代替儿子向她作保证。一个大男人竟受一个黄毛丫头的摆弄，真是丢人现眼，他越想越气愤，就夺了儿子的饭碗，开始审问儿子是否还没改掉那些坏行为，儿子吓得哇哇叫。又过了几天，白小凡出去遛狗时，碰见了他的邻居，他立即就想起来曾经有一次，他的邻居还踢了他小狗一脚呢。"这踢狗就分明是欺负主人嘛。"他心里想。他把那个笑脸相迎正向他热情打招呼的邻居恶狠狠地瞪了一眼。一天早上，他到办公室时，遇见了过去的一个老搭档，他就记起了这个老搭档原来是个恶人，就是这个恶人指挥他翻局长丈母娘家的阳台，发现事情不妙，便逃之夭夭了，还给他赖账，说是他干的。他和老搭档吵得很凶，几乎动了干戈。他又想起了局长本人就是麻将场上的老手，还故作姿态，让他们在假日里每天都要有点收获。他还当面揭穿局长的老底，让局长面红脖子粗。

"这个白小凡怎么了？他怎么突然就变成这个样子了呢？没有记忆的白小凡多好啊！一个有了记忆却永远不会忘记的人是多么可怕呀！"人们纷纷议论。

没有人敢理白小凡了，凡看见他的人远远就躲开了。同事们自从他恢复记忆的那天起就开始对他有了防范。

白小凡感到了孤独。

白小凡喜欢在夜晚里一个人走在大街上。他开始怀念起自己失去记忆的日子。那些日子真好，到处都是阳光般的笑脸和温柔的话语，没有人防他、躲他。可现在……要是永远地失去记忆该有多好！

他四处寻找那个曾使他失去记忆的黑洞。他走遍了所有的大街。整个大街上灯火通明，人行道上所有的黑洞都被堵了个严严实实，密不透风。

他再也没有找到那个使他失去记忆的黑洞。

冲破牢笼

　　她是一只美丽的母虎。从她被人类困进动物园的第一天起，她就有了一个人类的名字——欢欢。

　　欢欢被锁进牢笼已经满一年了。她来自苍苍莽莽的山林，那里有一望无际的皑皑白雪。从永别了自由的土地、成了笼中困兽的第一天起，透过冰冷的牢笼，欢欢虎视眈眈的眼睛里就一直充满了对大自然极度渴望的忧伤。

　　她知道今生今世已经没有了冲破藩篱的任何机会，安于现状已成定局。她只能从喉管里发出一声低沉的长鸣，然后日复一日地踱着倦怠的虎步在笼中来回走动，供游人欣赏，或者蜷缩在铁栏的一隅安然入眠。

　　睡眠中的欢欢又回到了一个庞大而美丽的世界。那里有山、有水、还有树林，那里有松针铺就的绵软的大地，空气中透着树叶的芬芳气息。她梳理着柔滑的皮毛，迈着刚毅的虎步，强悍的身躯上起伏着优美的曲线。只要轻轻地发出一声求偶信号，前来求爱的雄虎们就会你追我赶地前来和她追逐嬉戏，缠绵数日。她梦见那是一个春风吹拂的黄昏，斜阳射进茂密的林子，把余晖撒满了整整一地。她刚从宁静中站起，准备爆发一场积蓄已久的猛烈冲杀与袭击，这时她却听到了人类的脚步与声音，她还听见了一些动物软弱无力的尖叫。她感到身体被什么坚硬的东西猛刺了一下后的那一瞬间，竟浑然不觉地进入了人类为她设计的大网。那是一种用各种文明手段特意设计的一张网，结实而厚重。严密得有些透不过风。她就这样像不慎跌入蜘蛛网的虫子一样被网入其中。她不明白人类下暗手的智慧竟如此高超，她只觉得自己强大的身体顿时像一个受了潮的棉包，如此的软弱无力。就这样，在人类又惊又喜的叱咤声和欢笑声里，她被推进了事先为她备好的装有笼子的车里。浩浩荡荡的车队伴随着她的囚车轰轰隆隆地南下。随行的还有人类的许多奇怪的专家，有动物学家，有兽医专家，还有教授和记者。那场面在人类看来是何等的庞大！

她被送进了一个巨大的动物园，关在一个严严实实的铁笼里。她从昏昏欲睡中站立了起来，她睁圆双眼嘶叫挣扎，试图挣脱这可恨的牢笼。她憎恶的眼睛里充满血泪。她的喉管里释放出沙哑的怒吼。她的爪子已被磨得血迹斑斑，但一切努力终归只是徒劳，胡乱挣扎只能使自己遍体鳞伤。

她终于平静了下来，透过铁栏来看外面的世界。她看到了许许多多的其他动物，她还看到了她的同类。她看见了一个人，手里拿着菜单，正在兽医专家的指导下给她准备晚餐。后来她才知道那人就是她的教练。教练把一大块精美的瘦肉放到她面前说：欢欢，乖，吃吧，好好吃。她没有吃，她一点也感觉不到饿；她也没有向她的教练露出凶相，也没有对他龇牙咧嘴，她聪明，知道这一切都无济于事。她想躺下来美美地睡上一觉。

这时，她听到了一群孩子的尖叫声和嬉戏声，原来她的教练为了挑逗她的野性，特意把一只羊扔进了她的笼子里。那些孩子在拼命地喊：小羊，快跑，别让老虎把你逮住了。她无心去理会那只羊，坐享其成不是她的天性；她也无力看那群孩子，因为他们是人类，人类的心永远都向着弱者。

教练对她的照顾真是无微不至。他给她列了个长长的菜单：白条鸡、鸡蛋、维生素和牛奶，为了再次唤起她的野性，他在第二天一大早就为她扔进去了一头活牛，还千呼万唤地央求她快点进食。啊，人类，你的耐性真是绰绰有余！这只名叫欢欢的虎终于经不住诱惑，向尘俗低下了高贵的头颅。

一天，从泰国来了一位动物专家给欢欢做了次全方位的身体检查，他说欢欢的身体素质很好，一年一度的生育期快要到了，他建议在动物园里找一个体格最为健壮的雄狮来做欢欢的白马王子，他还说本性都凶猛而又体格健壮的老虎和狮子一定能生出一个极为"合格"的"狮虎"来，这将是动物界的一大奇迹。这项建议立即被动物园采纳。为了让他们早点培养感情，一只名为猛猛的雄狮就立即被送来做了欢欢家的上门女婿。

猛猛仗着它林中之王的优势，在欢欢没有发出任何求爱信号的情况下，勇敢地爬上了欢欢的背，在众目睽睽之下就开始交配起来。欢欢的"心灵"受到了莫大的"羞辱"。她可以不在乎观众对她的欺凌，也可以不在乎失去自由天地的痛楚，但她绝不能原谅人类对她实施的违背天理的龌龊行为与举动。欢欢又一次体会到了世界的凌辱、凄凉与无望。她的喉管里发出了一声"石破天惊"的长鸣。"咔"的一声，欢欢一口就咬断了狮子的喉管，人类为她安排的"金玉良缘"随着狮子的一声哀鸣被击了个粉碎。欢欢一头撞向禁锢她的栅栏，黑色的栅栏上立刻就印出了一股股红的血。

欢欢在冥冥之中听到了人类从喉管里发出的一声恐怖的惊叫。

这只名叫欢欢的虎终于冲破了人类的牢笼，永久性地闭上了她的一双虎眼，她看到了黑暗。

黑暗给了她灵异的翅膀，引导她来到了一个崭新的世界，一个令她流连而向往的世界——那山、那水、那松树林……

出 差

"你马上去公司一趟，S省Y市的那个合同的W条款需要重新商定。火车票就放在你的办公桌上，你准备一下就出发吧！"电话"吧嗒"一声就断了。我匆忙地向火车站跑去。因为当我拿到车票时，让我以悠闲漫步的姿态前往车站的可能性已经没有了。我在死的和活的障碍物中寻找着空隙，穿梭着，奔跑着，大口大口地喘息着。

火车站已近在咫尺了，我看到了人头攒动的广场。我放慢了脚步，想放松一下紧张的情绪。候车室上方巨大的自鸣钟就在我解开一半衣扣的时候敲了十下，声音古老而苍茫。低头看手腕，我的表足足快了两个小时。我懊恼而兴奋地在原地打了个旋转。火车站的广场大得出奇，想找个落脚的地方还真不容易。我四周观望，寻找目标，在一个拐弯处发现了书摊的位置。我径直向那里走去。忽然间，熙熙攘攘的人群里闪出了几条大汉，他们蜂拥而来，愤怒地吼道："抓住他，别让他跑了，就是他！"我还没来得及醒悟，走在前面的那个家伙冲我就是一拳。我感到有数双手在揪我的衣服和肌肉。"打死他！"旁边还有两个妇女在帮腔。巨大的恐惧和痛苦包裹着我，我的头脑一片空白，身体像一团松软受潮的绵包任人捶打。

"哎，行了，行了，别打了，好像不是这个人吧！"一个中年妇女喊着，"难道认错人了？刚才还看得清清楚楚是他呀！"

"这么说我们搞错了。"另一个声音说。

"哎呀，真的搞错了。刚才那家伙穿的是运动鞋，这家伙穿的是皮鞋。快，快把他扶起来。"

于是，我又被刚才狠命抽打的手扶了起来，还有一只手在我的屁股上打着尘土。"真是对不起啊，对不起……"。我在一片真诚的悔恨和道歉中被他们摆布着，连我自己解开的衣扣也给扣得整整齐齐了。围观的人们也开始轻松愉快地交谈起来。"一场误会，哎呀，我还以为便衣警察在抓杀人犯呢。"人群中嚷嚷着。我被这莫名其妙的暴打打昏了头，禁不住地扯着嗓子冲着那些扬长而去的"凶手"吼了一声："我操你妈的，呸!"

"嗨，叫什么叫? 你是干什么的?"一个车站警察背着双手，一脸严肃地向我走来。"我，我是……"我像是见到了大救星一样既紧张又兴奋，不知如何向这位警察先生表述自己的委屈和清白。"身份证掏出来。"警察瞧也不瞧地对我说。这时，我才发现衣袋里已经空空如也了。我正要向警察解释，警察却开口道："跟我去警亭走一趟!"走就走，反正我是清白的、冤枉的，我挨了打，又遭了抢劫，说不定警察还可以帮我抓住那帮强盗，让我出了这口恶气。我心里嘀咕着。我理直气壮地跟着警察走向警亭。警亭里坐着一位肥胖的中年警察，嘴里叼着一根烟，眯着眼在看报。"这是一场抢劫啊，警察同志，我被抢劫了，还挨了揍! ……"我滔滔不绝地为自己申诉着，抗议着，还禁不住地掉几滴眼泪。我讲了许多话，已经口干舌燥了。许久，那位上了年纪的警察终于转过了他的脸说："我没猜错吧，这家伙是个货真价实的小偷! 你这号人我见得多了。"

我一下子愣在那里。他看我没有反应，就对那位年轻警察喊了声："铐上!"年轻警察很专业地把我的一只手铐在岗亭的一根特殊的铁棍上。那种既不能蹲又不能站、只能用脚尖和膝盖支撑全身重量的难受劲儿比在广场上遭遇的那场毒打还要难受。两个警察都无踪无影了。时间发酵似的膨胀起来，没完没了地延伸着。我感觉像挨了一个世纪。两位警察终于返身回来了。"怎么样，想好了吗? 还是老实招了吧，你几进宫了?"

"我要给我的科长打电话。"我愤怒地吼叫，"打呀，号码拿来。"

电话拨通了。科长的声音有些异样。"那个陈亦德啊，是有这么个人，不过同名同姓的人多了，得多调查才是……"年轻警察走了过来，卸掉我手上的铐子，并让我站在那里等人认领。又等了很久，我的科长来了，尖尖的脑袋从岗亭外塞了进来。"哎呀呀，你看这个小陈，他确实是个好同志，就是办事马虎了些，劳你们费心教育了，还望见谅啊！"科长一边递烟，一边出示名片。一位警察在一张白纸条上写了些什么，递给了科长，并公事公办地说："先交二百元罚金，真正水落石出后再退还给你们。""没问题，没问题！"科长点头哈腰地摸出了两张一百元，双手递了上去。

　　我跟在科长的身后走出了警亭，既像一条感恩戴德的狗，又像一只受伤的、夹着尾巴的狼。我正要向科长诉说我的冤枉，科长先开了口："不用多解释，这个已经不重要了。再说误会不都解决了吗，二百元钱以后从你的工资里扣除，另外你必须赶今晚上七点半的火车去 S 省 Y 市商讨合同的 W 条款的修改事宜。"科长说完一头钻进一辆绿色的出租车，一溜烟儿地消失了。

到自己想去的地方

老狼——感悟

时间退回 15 年。那一年，菲鸿送即将退位的领导回秦岭山中探亲。途经一片村庄时，他们碰见了一辆来自动物园的卡车。

卡车上载着十几匹狼。狼是老狼，眼睛里放出浑浊的光。车主说动物园要搬迁，让这些狼告老还乡。人对狼真够仁慈，没有对它们实施人道灭绝，而让它们归返森林。可这帮老狼一点都不领人的情，它们好像给吓坏了，蜷着身子呆在车里一动不动的。没办法，饲养员强制它们下车。它们费了很大力气才勉强将狼推了下来，可它们都不愿意进林子，而是沿路而上，迈着狗一样的步子缓慢地向有人家的地方走去，那里能觅到食物。

菲鸿回头看领导，他看见领导的眼睛里露出了和老狼一样的光。领导好久都没说话。回到家里，他劝菲鸿留下来陪他两天，菲鸿勉强留了下来。第二天，领导带菲鸿去大山密林里砍木头，领导派他当侦察兵登上一座山坡，这是他生命中登上的第一座山峰，突然间，菲鸿眼界大开，庄严的山脉向他敞开怀抱，菲鸿一下子爱上了这些山峰。

人毕竟是人，人和狼不一样。

一部分风景

菲鸿曾经也想坐领导的那把交椅的，领导说只要他再努力一把，准没问题，可有好几个热屁股都抢着往上挤，他也就失去了勇气。自山中归来后，菲鸿当官的念头一下子没了，他觉得那里面的门道不仅复杂而且龌龊，他不想再去为之争斗。他想去一个没人去的地方，那里是体验生命和净化灵魂的好去处。于是，他背起了几十斤重的背囊消失在山野中。他要征服秦岭山系中的每一座山峰。

这个身高一米八，嗓音嘶哑、带着宽边帽、身着红羊毛衫和登山裤的小男人，开始成了秦岭山中风景的一部分。他踏入云雾缭绕的秦岭山脉，并在那里找到了一种独特的美丽和宁静，以至于他甘心情愿地把自己的一切奉献给这些高山。一直以来，只要遇到周末和假期，他都要背起行囊攀崖。有时，一次外出爬崖可以长达十多天。回来后，他津津乐道地向朋友们讲羚牛、黑熊、大角羊。他为好几家户外杂志写大山的故事，洋洋洒洒地写出了一个又一个长篇。他还编写了一本关于如何登上这些山脉的指导手册，令成百上千的人都纷纷给他写信寻求建议，他送给他们手册，并花掉一个个夜晚给他们写回信。当别人问及他对山的感受时，他简单地用一句话来回答问题：有什么能让一个人接近天堂和造物主，而双脚还踏在人间的土地上？

因为山所以行走

菲鸿还是一个出色的摄影家，他用相机记录他走过的每一寸土地。他把拍摄的照片发表在户外杂志上和政府刊物上。照片中全是群山环绕、野花遍地的风景。他本人并不喜欢这些东西，拍摄这种照片只是为了讨好女编辑们和女驴友们的欢心。

他真正喜欢的，是林木线之上的山地，那里悬崖陡峭，一片灰蒙蒙的赤裸裸的世界，只有冰雪在咯吱地呻吟着，冰河融化了的边缘地带，孤独地长着绿色的苔藓，提醒着人们下面有一个枝繁叶茂的世界，只有在这样的高度，他才能找到真正的满足。尘世的烦恼会随着云彩一同飞逝。不过，那里同样也是一个危机四伏、变幻莫测的地方。好多次，他的膝盖和脚踝骨严重扭伤，不得不一拐一瘸地回到林木线以下的地方。多少次，他的腿被旱蚂蟥蜇透了好多洞。有一回，他在一块漂亮光滑的石头上撒尿，突然，石头站立了起来，原来，那石头是一只卧着的羚牛。他知道，那家伙脾气暴躁，惹不起，赶快闪远。他领悟了大山的恐怖之处。

年龄的增长让他的荣誉越来越多。他被一所大学的体育系聘为专业登山教练。年轻人和中年人都要和他一起登山，有的让他讲述有关大山神秘的故事。他免费为他们做着这一切。尽管他完全可以向他们收取服务费用。他说，这片山野本来就属于人们，干吗还要向他们收费才告诉他们呢？

他为他们做向导，亲切地称他们为"驴子"。他带这些驴子领悟户外的美好，却远远地走在他们的后头，他的背上总背着一个超级大袋子，为的是收集别人抛掉的遗留废物。"那些铝皮和塑料打制的东西不该留在这么干净的土地上。"他说。可那些疲惫的人差点连自己都带不回去，谁还在乎听他的话。他就把他们遗下的垃圾捡进袋子，背在自己的背上，并站在一个显眼的位置，愉快地看着他们气喘吁吁地走上来。

他依然行走着，因为山。多数的日子里，他独自一人行走。

他每次的冒险行程总是从这个孤独的小屋子开始。屋子里住着他一个人，摆放着许多他从山里带回来的纪念品。

似乎没有哪个女人愿意和大山一起分享自己的丈夫，所以，他一直没有固定的女人。而他，也成了一个听天由命的人。

他成了一个真正浪迹天涯的登山者。他说，秦岭中还有二百多个峡谷等着他去穿越，他停不下前行的脚步。他大概还要坚持几十年，直到 84 岁为止。他补充说："如果上苍有一天真要把我留在哪个山上或者某个峡谷里，那么他可以留下我。"

世外园林

导游小姐把红红的嘴巴搭在小喇叭上，说：人生最难得的就是善待自己，功、名、利、禄的追求快让我们迷失自我了。今天，请朋友们给自己的心放个假，带着感觉跟我去旅行……

我回头看老杜，老杜的脸上依然没有任何表情，呆板得像个纸人。

我和老杜出来已经三天了，他心事重重，对看过的任何景物都没有兴趣，也不大跟我说话，弄得我心情也和他一样糟。出门板着面孔真使人扫兴。我在心里暗暗地抱怨经理，他派谁不行，偏偏让我和这个木头出来开会，临走时在我耳边低语：开会可以做个样子，主要让老杜散散心，尽快摆脱阴影，带着愉快的心情回来。

我正想着老杜，坐在我们身边的一位游客大姐主动和他搭上了腔：怎么不把夫人一起带出来玩？老杜木讷地说：哦，她到另外一个地方去了。这个大姐哪里知道老杜于上个星期才为夫人办完丧事。她肯定以为他和夫人闹了别扭到另一个地方旅游了，于是，想都没想就说：难怪你这么闷闷不乐的，这就是你不对了，男人嘛，要学会向女人妥协才行，你为什么不跟她一起去？

我急忙用脚尖踢游客大姐，示意她不要再把话继续下去，而她却不知情，眼睛一瞪说：干吗踢我？胖胖的身子一拧，转过来了一个大大的屁股。

11 月初的天气虽然不能说风和日丽，但也被老天眷顾着，天气灰蒙蒙的，但尚未下雨。北风也并没给我们带来太大的威胁。我们本来要结束行程的，却没经住导游小姐的诱惑，又阴差阳错地上了这躺旅游车。导游小姐说有一个世外园林值得一看，让我们别错过这次难得的机遇。她说这个城里最具特色的旅游景点就是那片林子。由于林子的非同寻常，使那座山具有普通山脉不具备的灵气。她的话充满着神秘，增加了许多人的好奇。于是，十多个游客全都被吸引进来。

透着寒气的冬天并没有给火热的心带来阻碍。载着我们的游车一路狂奔向那片世外园林。

三小时的车程，我们的车终于抵达了那片林子。

林子不大，也看不出它的特别之处。刚才和老杜搭话的大姐扯着嗓子嚷：就这山，还什么神山呢！我看还没有我们那里的山好看！另有不少游客在嘀咕：跑这么远，就为看这个？导游小姐没有发话，只是看着我们微微地笑，游客们也都纷纷盯着她的笑脸，仿佛能从中找出一点神秘来。许久，她才开口说话，她问：你们中就真没有人看出这片园林的神秘之处吗？大家都摇头说：没有！

导游小姐缓慢地从包里掏出一张五元面值的人民币，说：大家过来看看吧，这张人民币背面的风景就是这片林子，时光可以追溯到上世纪50年代呢！

游客顿时哗然，有的蹲下来休息，有的找地方小便，还有许多脑袋凑在一起，欣赏导游手中的那张人民币。

我又回头看老杜。他的脸上竟露出了一丝难得的笑。这是他几天以来的第一次笑，还嚷嚷着要我掏出相机给他拍照。导游小姐又将小嘴巴搭在小喇叭上：世外园林的欢声笑语、乡野风土让我们真正放飞心情，无忧无虑地享受了半日的浮生，大家说是不是？我听见老杜大声地答道：是——

老杜的心情突然起了变化，他开朗多了。当天晚上就食量大增，而且还主动找我说话。他说：其实旅行不是看风景，也不是看风景之前的憧憬，而是看风景后的感悟，是看过风景后的回味。也许过了好多年，我们把我们走过的景点、住过的酒店、天空的颜色、崴了脚的狼狈全忘记了，但我们却记住了这个园林，不是因为它的景色，而是因为它给我们带来的意想不到的惊喜，就才是旅游的本质。

我一点都不理解老杜所讲的这番旅游理论。说实在的，这个林子真的不怎么好看。可看到老杜高兴，我也就跟着高兴起来。老杜缓和了语调，说：我刚刚离去的妻子就是个导游，这些理论是她曾经讲给我的，今天终于在实践中体验到了。

老杜的眼睛里闪着泪光。

多么美好的日子

　　不知为什么我突然对周围的一切失去了兴趣，我不想看见别人，也不想被别人看见。我幻想着能从这个世界上消失。

　　为了达到目的，我踏上探寻隐身术的漫漫之路。

　　在研究的诸如施雾法、参禅避谷法、符咒法纷纷露出马脚之后，我开始用"移动的掩体"这一杀手铜来实施隐身。

　　通过透明雨衣的启示，我用半哑光塑料布为自己制成了一套双层充气式隐罩。我穿着隐罩走在阴暗的楼梯上，那些戴着眼镜的家伙居然不曾看见我。我开始走出房门，走下楼梯，走在大学校园的路上，人们似乎没有发现我的存在。这让我欣喜若狂。

　　从菜园农夫眼皮下拿走第一根黄瓜开始，我穿着这件隐罩频繁地出没于各家商场，需要什么东西基本上不用花钱。囊中本来就羞涩的我，此时虚荣心得到了很大的满足。

　　不过好景不长，在一家收银台前，我的一双看似无形的手给牢牢地铐住了。我失去了学业，沮丧地苟活在城市远郊胡同的深处。

　　不过，我没有失去信心，我又开始了新的探索和寻觅。

　　我在中国古老的太极文本中发现了这样一句话："阴之极而致虚"。

　　我把自己关在密室里研究这个"文本"。经过几天几夜的琢磨，我得出结论：只有成为"虚幻世界"中的一员，才可能达到隐身。

　　通过一段时间的面壁彻悟，我意识到，隐形首先要从思想上让自己从这个世界上出局。

我开始收敛自己的个性，不在任何时间、任何境况下张显自己；我低声地讲着为数不多的话；我早起，为的是在太阳升起之前到达目的地；我晚归，为的是让星星和月亮伴随我孤寂的身影。

我尽量不见太阳；我站在树阴下，坐在水池边；吃没有油盐的饭菜，饮没有甘苦的清水。

这样坚持了半年，我的皮肤变得苍白，我的血管变得透明。我的脑子里开始出现幻象，眼前的一切东西纷纷来又纷纷离去。我开始分不清黑夜和白昼，辨不清东南和西北。但是，我清楚地明白，我离终极目标越来越接近了。

又经过了一段极为艰苦的修炼，我自己都觉得跟这个世界陌生了起来。我开始检验自己的修炼程度。

白天我在路边挡车，所有的计程车都不会朝我看一眼。戒备森严的贵族社区和军政机关的大门，我走出走进，几乎没有受到阻拦。

我又开始了隐形设备的最新研制。经过一百个来回的失败，我采用了全息波长替延光谱技术合成了一件隐形衣罩。穿上它，人的行动会像一阵风飘过。

一个细雨濛濛的日子，我备好了行头，穿行在湿漉漉的雾里。忽然，一阵闷雷从地平线的远处沉沉响起；一道弧光之后，我的眼前一片漆黑。我觉得我的身体飘了起来，有一种轻盈的飞翔的感觉。

我立刻明白，我已经成功地介入了阴极世界。我没有丝毫惊奇的感觉，只觉得满心的喜悦由衷而来。

终于成功了！我为自己欢呼！

我看见我眼前这个阳极世界的辉煌在一点一点地被黑暗和虚无吞噬。

我伸出手，拍拍我的脑门，可什么都没有拍到；我抚摸自己的躯干和四肢，结果仍然感觉不到它们的存在。

我走出房门，看见了我最新的同类，他们三五成群地出现在城市的各个角落。在他们出现的地方，背景的楼群、车辆和建筑物，所有的一切都有点像冲洗过的底片一样模糊而透明。

一种恐惧的感觉像瀑布一样突然向我袭来。我害怕极了。

我想再看一眼我曾经生活过的那个阳极的世界。

　　我费尽周折才打开了那个我安装在隐身罩下面的特殊瞭望器，透过它，我终于用一只眼睛看见了我曾经生活过的那个阳极世界。

　　一大群男女老少从荒野中走出，穿过一片花园。我看见一对对恋人在花间追逐嬉戏，有的紧紧地抱在一起，长久地热吻。我还看见一个体态丰盈的女人满面春风地向我走来。她扭动着身姿，迎面穿过我的身体。一刹那，我的心里突然产生了一种异样的冲动。这种冲动让我身体一阵热痒难耐。

　　我突然想从那件捆绑着自己身体的隐形衣罩中挣脱出来，可一切努力都是徒劳。那件衣罩像孙悟空头上的紧箍咒一样，牢牢地长在了我的身上。

　　我看着我曾生活过的那个世界，那里的人们都悠闲自在地生活在阳光里。一种无名的痛苦透过我的衣罩，渗进我的每一个毛孔。

　　我在叹息中度过了一个夜晚。我所生活的这个世界的人们都已熟睡。而远处山际线上的那轮月亮，仿佛是为了安慰我孤寂的灵魂，也格外地圆了起来。

　　我松了松箍在身上的衣罩，没来由地吟出了一句萨特戏剧中的台词：多么美好的日子！

期待与结局

　　就在这个小镇，晴遇见了生命中的第一个男人，他是个艺人，单身，孤零零漂泊到这里。一块泥团或者一片白纸，一经他的手，眼前的一切全都魔法般地幻化出一个个活生生的生灵，他的双眼就闪烁出晶莹的光芒。晴就是被他的那双非同寻常的手拉进他的情网的。

　　那时，他正给镇里制作一件女性雕像，晴意外的出现让这个男人明眸一亮。他一瞬间就把她融入了他的艺术里。而晴也莫名其妙地爱上了那个满手沾满泥浆的男人。晴凝视着这个成熟男人宽阔的手臂，如同感受到头顶的天空也因夏季的浮云、灿烂阳光的魅力而熠熠生辉。晴就立即成了一条鱼，迅速地游进了这个男人欢快的溪流里。

　　相爱的日子快乐而短暂，晴天天都去他的小木屋里做他的模特和屋子里的主人。

　　晴和那个男子的爱如同鱼和水一样纯洁、美丽，但同样脆弱，因为他凭着他的手艺在镇上不仅能换来大把的钞票，更能换来别的女人的爱情。

　　他无规无矩的生活让晴隐约地意识到这个男子的那潭水会时刻被太阳蒸发，她这个鱼儿在里面肯定活不长。有时他们亲密无间，有时吵得天翻地覆。他说他是一个漂泊于尘世的迷途的羊羔，追寻着能填满心灵的东西，但永远不能只停泊在一个港湾，因为这样他会迷路，然后会寂然地死去。他无法停下流浪的脚步。晴听着这些话后，炽热的心一下子像掉进了一个寒冷的、令人窒息的冰湖。而她却没有一点办法离开他。她陷入了他的爱情沼泽地拔也拔不出来。

　　世界上总有一种人，命运注定着奔波与流浪。这个男人就是命运注定的浪子。稍微疲惫了，他就会立即背起行囊远走他乡，有时连招呼也不打，晴无奈地望着他远去的背影，目送他走向远方。晴觉得自己像毛毛雨，无法解决这个男人心灵的焦渴。她知道，这个男人属于一个独立的世界，那个世界她可能一辈子都挤不进去。

不好的结局就这样来了，他这次走后就再也没有了消息。他从世界上消失了，像空气被蒸发了一样。晴在焦躁的等待中苦苦数着他离去的日子，她盼望着奇迹的出现，盼望着他疲惫的身影突然就站立在她的门前，盼望着在她一觉醒来的时候，他哪儿也没去，就躺在她的身边，她似乎能听到他的呼吸，感受到他的体温。

在艰难的等待中，时间从指缝里溜走了几年。几年的时间里，晴翻山越岭寻觅他的踪迹，她发了无数的寻人告示，她辨认过数具无名的尸体，可依然找不到他的下落。而在她寻觅过的地方，在公园或校园或者城墙脚下，她似乎总能偶尔发现一些熟悉的雕像，那些雕像的神情和姿态都那么像自己。他分明是带着她的记忆流浪行艺的。她这才知道，原来爱有时还能以另一种方式留存下来。可他为什么这样狠心地对她不闻不问！

晴只能独咽苦水，把关于这个男人的记忆锁进一个匣子里，埋在心底，全当他只是她生命时光里一段小小的插曲，全当她没有遇见他，全当什么都没有发生过。晴努力让自己活下去。她在一个慈善机构里为自己谋了一个职业，好让她不再思念他，好让时间过得快些，好让这个男人从她的记忆里一点一点抹去。

在慈善机构里，晴在无数双期盼与温热的眼神里度过了充实的五年。

一个阴冷的下午，晴把一卡车的棉衣棉被送往一个残疾孤儿院。在中心街的拐角处，她的车被一大群围观的人挡住了去路，人群里，一个失去一条腿的艺人正端坐其中，他正用一团泥为一个过客雕塑胸像。他专注的神情是那样的熟悉，又是那样的陌生。

晴感到自己的腿已经难以支撑起身体的重量，她使尽力气才抱住了身边不远处的一根电线杆。

晴看见周围的一切在一点点消散，她感到周身的血液开始急速地循环。她凝聚全身气力攥紧拳头，冲进人群，扑向他那张神情专注的脸，就在接近他的那一刻，她的拳头又重重地落在自己那张愤怒而扭曲的脸上。

错　失

　　从那天起，她的内心开始编织着一个绮丽的梦。梦想唤醒了她干涸的情感，穿越了时空，她感到自己的血液开始沸腾，心也开始长出了一对轻盈的翅膀。

　　如果没有他的介入，手机对她来说可能只是时钟的代替品，因为她很少外出，也没有几个朋友和她闲聊。她就像一只母鸡似的牢牢守候着自己的家园，一任丈夫像山鹰一般地在地球上遨游。

　　当纷繁的信息在城市的上空穿来穿去，密集成一张无形的巨网的时候，她的手机里好几天才能听到一个熟悉的声音——一句丈夫来自遥远的问候：家里好吗？偶然间还会碰上一两个拨错号码的声音。尽管这样，她还是给自己的手机里设置了一个悦耳的彩玲，让一首充满伤感、令人无限回味的乐曲充斥其中。她相信有一天总会有一个人会和她一样喜欢上这首曲子。她开始了静静的等候。

　　认识了他，她才开始感到缘分的神奇。

　　那个薄雾笼罩的秋日早晨，她一个人静静地坐在风中听落叶的声音，感受时间在自己的体内一点点地流淌、消失，心不在焉地打发着多余的时光。终于，几声清脆的鸣响唤醒了她脑海中的寂静。她呆呆地起身，站立在瑟瑟的风里，漫无心思地去接听又一个拨错了的号码。果然，又是一个错号。可她的心里一点也不去介意那善意的啰嗦。那个陌生的声音很好听，充满着磁性的战栗。她抬头茫然四顾，仿佛那声音就来自头顶。

　　清冷的大道上行人寥寥，她久久地站在风里回味着那个声音。心里偷偷地期待有一朝能与这个雄厚的嗓音再一次重逢。

希望过后是长久的失望，生活总是这样，让人得意和满意的日子并不多。她放弃了这点不着边际的向往。

当一切杂乱无章的心思再次归为平静时，那个被遗弃在角落的手机精灵般地发出了几声鸣叫，一串串心语化作的字符随着那个熟悉的号码一起传来，带给她一阵温暖的激动。一股朦胧的情愫立即涌向她的指尖，她快速地弹跳着手指，把一串掩饰不住的心声通过语言和文字传给时空。

有一把雨伞/撑了良久/雨停了也不肯收/有一瓣枫叶/闻了许久/枯萎了也舍不得丢/有一个声音/在心里久久回顾/让天空改变了颜色……

有什么比短信更适合表白内心世界的激情呢？无需面对尴尬，无需直白，无需面对失落和窘迫。一句真挚的问候，一个浅浅的微笑，甚至一个调侃的单音节词，都会让两个从没谋面的人在情感的海洋里越游越近。渐渐地，她发现，他是第一个让她痴迷的男人，他善解人意，温情浪漫，风趣幽默，让她在不知不觉间忘记了身边的人和事。她知道她已经把自己扔进了感情的漩涡，而且一点也无心挣扎。

那是一个冬天/有一张唇/迎着光而来/温暖了一颗开白花的树/于是/便有了十二月的雪/舞蹈在红唇的旁边/从此/北方一个男人/相思成河……

她翻阅手机的手顿时僵在空里。两眼一汪清泓。

感情陡长得如此迅速，连她也觉得心惊，欲望与爱怜在心中交织出现，此时此刻，她清楚地知道她对他的感情。这是她未曾经历过的——爱！

可以见一面吗？他问。久久的忐忑与踌躇之后，她答：好吧！

她，一个足不出户的女人勇敢地踏出了家门，登上了远行的长途列车。

一声熟悉的铃声伴着一丝幽幽的蓝光抖落了她一身的疲惫。她似乎感受到他的气息。那双闪动着点点星火的眸子直直地盯着她。她觉得脸儿火一样的烫。

那个身着蓝色风衣，山一样伟岸的男人是你吗？

她按捺不住内心的狂喜，迈着华尔兹的舞步，清风一样地向他旋去。

突然，她的双脚顿时像钉子一样地扎在了原地。她看见一个花朵一样的女人，游鱼一样滑向他宽阔的、微微叉开的双臂。

与其撕心裂肺地撕扯，不如站在遥远的岸边，挥挥手，简单地说声再见。她这样安慰着自己。

　　许久，她开始挪动脚步，从他们身边轻轻而过。

　　就在这一刻，她又看见轮椅里坐着的一位青年男子，手捧一束鲜花，在默默地向她微笑。

大海的心跳

秋天到来的时候，我去了海边。

我去海边是为了看一个人，一个曾让我感受到大海心跳的人。

下了飞机，我上了一辆出租车，依着红红绿绿的地图，我让司机把我带到了一家名为"绿都"的小旅馆。

刮了几天的台风刚刚退去，旅馆里很冷清。我等了好长时间才等来了店台后面的老板。老板提着我的行李，领我来到顶楼，说：看，大海就在你的脚下！

推开小窗，一股咸咸的海风就扑来亲吻我的脸。我的心揪了一下，那个曾被我呼唤过千百次的名字和我的心一起跳到了嘴边。不过，我还是沉住了气。我想给他一个意外的惊喜。我要让自己进入状态后再给他打电话。

整个下午，我让自己恣意着。我一会儿看海，一会儿看天，但确切地说，我整个下午都在想他。

遇见他是在一次文艺理论研讨会上。那是个秋季，这个城市最忧郁的季节。说到忧郁，或许有些过分，但人的命运总与某个季节交错着，或者忧伤或者喜悦，而我感受的多半是忧郁。

我要把一颗忧伤的心，从这个阴冷狭窄的地方带走，带到海上去。那个晚上，他给我说。我不知道他怎么就看出了我的忧郁。我呆呆地看着他，无语。他说：海水不停地波动，会把一切不快引向天空！我望着没有星星的夜空，眼睛像是被他的话掏空了，泪水悄悄地打湿了我们依着的栏杆。

整个夜晚他都在谈海。我知道他生活的地方有中国最美的海。

他说他的家就正对着大海。他会让我天天听到大海的声音，感受到大海的心跳。

他离开的时候，我没敢去送他。我怕管不住自己的情绪。

飞机又把他带回他生活的那片水域。

他没有忘记承诺。大海的声音很快就从我的手机里传来！涨潮了，你听听！听见了吗？一个很好听的声音问。听见了！我听见大海的声音了！我听见大海的心跳了！我真的听见了！我的声音颤抖得厉害。

他孩子般的调皮劲儿让我开怀。我从电话里听了两年的海。我的心在大海的声音里变得忽阴忽晴。

触动的激情越来越无法收拾。我们开始了遥远的思念，我们遥远地望着，然后遥远地思念，隔着细细长长而又看不见的电话线。总希望这种思念能够像岁月一样越来越深，越来越远，在偶尔的几天里，我们时常选择沉默。

好几天没有他的消息了。虽然时常失落，但思念却愈加强烈。

有一种思念叫望眼欲穿！

此时，望着窗外这片茫茫的海，我已经想好了我要给他说的话的全部内容。

我用忐忑的手指拨他的电话。一阵激动之后，失落接踵而来。这个电话再也传不出他的声音了。我开始了漫长的等待。等待奇迹的出现，等待他的声音能再次从我的手机里传来。可我等了好几天，也一直没有等来他的声音。于是，我开始了艰难的寻找。我的足迹开始遍及这个城市的每一片水域。凡是有海的地方我都去找，可连他的影子也没找见。

我想知道他是不是在我踏破铁鞋四处寻找他的时候，就已经化成了一缕青烟飞了还是像海水一样蒸发了？我不得而知。

秋季快要过去，冬天将要来临，我决定停止寻找，离开这个城市。

我要去做一件事：我要走进冰冷的海水里感受一次大海真正的心跳。

当我从刺骨的海水里钻出来时，我的跟前围着一群庞大的俄罗斯男女。他们裸露着粉红色的身子，在海风里摇摆。从他们的目光里，我明白他们也要学我的样子走进初冬的海里。

我从这群俄罗斯人群中清清楚楚地辨认出了那个我苦苦等待与寻觅了一个秋

季的人！

　　一个天使般的俄罗斯女孩穿过人群走向我，用不太熟练的中国话问：你在海里感觉到什么了？

　　我说：我感觉到大海的心跳了！

浮 生

　　教授是教文化人类学的。他今天给学生讲了一个发生在自己身边的真实故事。

　　教授说："大城市容易刮起流行风，比如移民海外和改变国籍，这股风一刮就是几十年。"

　　教授停顿了一下，继续说：有一个在流行风中长大的中国女子，她从小就非常向往去国外过舒适安逸的生活，于是，她暗下决心，一定要将自己嫁给一个洋人。

　　她朝着她所定的目标一天天奋斗着。她学洋文，吃洋饭，穿洋服，模仿洋人走路……她甚至说服了离婚不久的母亲，让她先找个老外嫁了，然后再将自己移民出去。

　　母亲为了圆女儿的出国梦，就先把自己嫁给了一个洋人。

　　可女儿性子太急，她没等到母亲为自己搭好桥梁就坠入了一个洋人的爱河。洋人是一家美国公司的上海代理。他们以狂风暴雨式的方法恋爱，又以闪电式的速度结婚。

　　婚后，洋丈夫把她带回了美国的家——那个令她梦寐以求的地方。

　　那是一个多么富裕、多么理想的家啊！他们住着带有温泉游泳池的别墅，周围还有一个山地高尔夫球场；洋公公是个大银行家，洋婆婆是个慈善家。新娘审视着她周围的一切，仿佛进入了梦境一般。

　　她觉得这才是生活的本来样子，她陶醉于曾渴望已久的生活中，以至于当丈夫离家回中国公司上班时，她也不愿意一同前行，丈夫只得一个人去了中国。

婆婆怕儿媳妇寂寞，就安排了一些活动来调节生活情趣。细心的洋婆婆竟然把中秋节这个传统的中国节日也为儿媳妇记住了。她为她举行了一次家庭宴会，还专门聘请了一位中国厨师为宴会做了丰盛的中国菜，并邀请了许多亲朋好友前来作陪。

这位中国女子激动极了，好久没有吃到正宗的中国菜了，她的食欲大增，便从一个餐桌吃到另一个餐桌。一位客人看到她吃得很香，就高兴地走到她跟前，殷勤地问："你非常喜欢中国菜，是吗？"这个女子不是一个头脑简单的人，出于一种防范的警觉，她果断地答道："不，我不喜欢中国菜，我喜欢美国的麦当劳和肯德基！"她一边说话，一边嘴里不停地咀嚼着食物。在座的客人们无不惊讶地看着她。洋婆婆满脸的笑也就一下子僵到了脸上。

一天，外出的洋公公回来了。为了欢迎这位东方儿媳妇的到来，他又专门为她举办了一场篝火晚会。晚会基调朴素典雅。应邀的客人们骑在马背上，手持风笛，吹着悠闲的歌曲，客人们还一边围着篝火跳舞，一边唱着古老的东方歌谣。又有一位客人问这位中国姑娘："你喜欢这样的舞会吗？这是你的公公专门为你举办的。""不，我一点都不喜欢这么老土的东方歌谣，我喜欢美国的摇滚音乐和流行的街舞！"她不屑一顾地说。公公瞪了瞪眼睛，把两只宽阔的肩膀耸了几下，就没吱声了。慈眉善目的婆婆用陌生的眼光再次打量了儿媳妇一眼。

不久，老太太给远在中国的儿子写了一封信，信很长。其中有一句话是这样写的：或许你在你的婚姻上作了一个不太明智的选择。

儿子碰巧是个十分孝敬母亲的人。他非常尊重母亲，母亲的话他几乎言听计从。他立即飞回了美国的家。

面对依然不肯回国的妻子，他使出了不得已的哄骗伎俩。他骗她说回上海只住一个月，然后就送她回来。

好在一个月并不长！她答应了。

他把她带回了中国。他的第一个动作就是提出和她离婚。她迷惑不解，用美国人一贯问话的口吻问："我究竟做错了什么？"

"你什么都没做错，亲爱的！错的是我，我没把人认清楚！我不明白一个人连自己本民族的东西都不热爱，那她将来怎么会去爱她的丈夫，爱她的家。你首先得学会爱自己的民族，爱自己的国家，亲爱的！"可她已经听不进这些大道理了，一气之下，她将自己投进了黄浦江。当然，她后来是被人救了出来，不过，从此她的神经就有点不大正常了。

教授讲到这里时，教室里安静极了。

教授又说："人生犹如一棵大树，它的根必须植于深厚的土层里，而这个深厚的土层，就是生成你、养就你的民族和文化。如果你连这些东西都丢了，你的根将植于何处？"

红风筝

秋雨过后，河水漫涨起来。往日辽阔的一派沙洲已不复存在。雾沉沉的河床上只有白茫茫无边的水域。我想，这也许才是真正的白沙汀吧。

河堤两边，芦苇绽放出的白絮子一眼望不到头。人站在河岸上，偶尔会听到远处传来的一两声水鸟的幽幽鸣叫；抬眼望天，云淡天高，哪里还能寻觅到一丝风筝的影子？那长久飘荡在我心中的红蜻蜓，也许只有到梦里去寻觅了。

我不明白自己当初为什么会临阵怯场。那天要不是我突然决计回绝他恳切的旅行安排，那么让我多年来一直向往的雪域高原就会在我们彼此的视野中交织成最壮丽的风景线；那种惬意温馨的浪漫情怀，就会在我们之间拉开长久而热烈的帷幕……

伟的出现，也许是上苍对我们母子生活的一种怜惜或者补偿吧！一个人怎么会忽然进入你的生活，而你事前竟毫无一点预感呢？

春天的白沙汀，河水很少，河床裸露出大片沙洲；四周没有苇子，五颜六色的野花竞相绽开在绿绒绒的草地上。风悠悠地吹着，春的气息很浓。周末来这里放风筝的人很多。

丈夫远在大洋彼岸读书，一去数年；孩子丁丁和我孤孤单单地生活在这个城市里。多少个星期天，我们已经习惯于通过电流的传导倾听他那失真的声音，遥想他越来越模糊的形象。

那天，我们去白沙汀放风筝。沙滩上的人熙熙攘攘，整个天空上飘满了各种各样的风筝。丁丁的黑蜈蚣大摇大摆地飞上天空，在那些花花绿绿的风筝群里显得鹤立鸡群，格外引人注目；孩子得意极了。一会儿，天空上又飘来了一只造型别致的红蜻蜓，袅袅娜娜，鲜红亮丽，更是卓尔不凡。一时间，红的蜻蜓、黑的蜈蚣飞到一起，相映成趣，招来众人的阵阵喝彩。

放红蜻蜓的是个女孩，她身边站着一位身材高大的青年男子，他神情专注地替女孩牵着线圈绳。

红蜻蜓、黑蜈蚣、花蝴蝶、大山鹰在天空上竞相飘游，组成一幅祥和的春乐图。正欣赏间，一阵旋风吹过，天上的风筝阵容大乱。忽然间，红蜻蜓和我们的黑蜈蚣扭缠到一起，一齐朝下坠落。丁丁满头大汗，东跑西窜，怎么解都解不开。那边也是，男青年的手臂高高举起，左拐右拐，仍是无法绕开，丁丁急得一屁股坐在沙滩上哭叫起来。这时，那男青年从口袋里掏出小剪刀一剪，自己的风筝就断了线，于是，小女孩哭了。

两只风筝终于拉开了距离。黑蜈蚣活了过来，红蜻蜓却越飞越远，最后在我们的视野中消失了。我是在偿还给他红风筝以后和他相识的。作为回报，他邀请我去"红磨房"咖啡屋。咖啡厅里的音乐很美。我们静静地坐着，一边品尝着口味不俗的西班牙黑咖啡，一边欣赏着克莱德曼的钢琴曲。他对音乐有着深切的感悟力。从德彪西到卡拉扬，从瓦格纳的歌剧《唐豪赛》到李斯特的《匈牙利狂想曲》，他都能侃侃而谈，一一评判。无论是中国的古典音乐还是日本、韩国的现代民乐，他都能深深迷醉和确切理解。使我这个学音乐出身的人都感到吃惊。老实说，毕业八年来，我还真没能跟谁畅快地谈论过音乐呢！

感情在暗中悄悄陡长。我感到他像一股巨大的漩流在强烈地吸引着我。我迷醉于他永远也谈不完的话题和那一双诚挚而深邃的眼睛。

诗人王尔德说："如果生活中有美，那么结局一定是悲剧。"相识半年后，他说有一个机会可以和我一同去看布达拉宫，去看那个离天最近的古老而神秘的民族。他的邀请实在是太诱人了，简直让我无法拒绝。在沉默和困惑了好长一段时间之后，我终于作出了选择，我委婉地回绝了他——尽管心里是那么的热切向往。

结果，他一个人独自去了雪域高原。

此后，我再也没见过伟。他似乎永远从我的生活视野里消失了。就像这落满潮水的白沙汀，很难找到人的踪影。

秋天里，我收到了他从南国边陲寄来的一件礼物——一只红蜻蜓——我送还给他的那件。伟在信上说："请来年春天与丁丁一起把它放飞了吧。"

怀念英子

我不知道用什么方式才能写下我对英子的悔恨与思念。

我想对英子说，我是这个世界上最大的混蛋。因为我很自私，总是在自己寂寞的时候才去找她。我从来没给她说过安慰的话，即使在她最困惑、最孤独的时候也没有过。在我心里，她是一个非常坚强的女人，似乎根本不需要我的安慰。

几乎所有的男人都很实际，英子的第一个男人也不例外。他是讲究实惠才强烈地追求英子的。那时的英子在一个效益颇丰的银行里上班，有一份可观的收入和一套高级住房。那男人知道她在物质上一点都不匮乏，就用鲜花和情诗将她轮番轰炸。他真懂女人的弱项，不到半年就把英子轰得人仰马翻，乖乖地双手就擒，做了他的女人。英子死心塌地地爱他，费尽周折把他从一个中学教师脱胎换骨成了某局里的一个带"长"的头儿。英子为此付尽了她积攒了多年的薪水。当英子和那个男人的生活刚刚进入运行轨道的时候，却发现他已背着她开起了小差。一次次借故加班不能回家、一次次夜不归宿终于让英子在他单位的单人床上发现了几只脏兮兮的避孕套。英子懵了，男人却毫不在意。他笑嘻嘻地对她说：情感一时迷失是正常的事，你如果不能理解，那我就悉听尊便！

英子从那个男人那里得到的全部财富就是一句话：情感的一时迷失是正常的事。

过了几年，英子又遇见了一个男人，这个男人让英子产生了一种想迷失情感的冲动。

英子在不知不觉中就真的把情感给迷失了。她疯狂地爱上了他——这个城里长相最为英俊的男人。在英子眼里，这男人才是男人中的男人。她像一个从废墟中刚刚爬出来、全身沾满污垢的人见了清泉那样奋不顾身地投进了他的爱河。她在他的爱河里游得无限徜徉。她仿佛还在他的爱河里做了一个玫瑰色的梦。

英子的玫瑰梦还没做醒的时候，那个男人就被一双手铐铐走了。铐走他的那些人也把英子铐了起来，带她去她的住宅接受搜查。这一刻里，她才彻底地从玫瑰梦中醒了过来。那个让她无限销魂的男人把她住宅里所有值钱的东西翻腾得干干净净。

他竟然是这个城里吸毒团伙中的"老大"。

英子没有为此而过分地难过。只是当她再次回到她的住宅时，她的身边多出了一群狗。

一群色彩斑斓、品种各异的小狗充斥着英子的住宅，也充斥着英子的生活。

我是在一个孤独寂寞的日子里找到英子的。我是她中学时的一个同学。她那时学习不好，却仰慕学习成绩无比出色的我。可我家里穷，又在遥远的山区，上大学的那几年经常在她家歇脚、吃饭，还得到过她偷偷的赞助。而我从没感谢过英子，甚至连一句感激的话也没给她说过，更没想过要和她发生什么故事。她似乎也从没介意过，也好像根本没考虑过要嫁我这样的男人，因为她的美，因为我的丑。

而城市生活时常让人打不起精神，有时还莫名其妙地想起一些曾经发生过的旧年旧事。我是为了打发寂寞才找到英子的。我经常去她那里蹭饭，偶尔会带几个同学或朋友去她家小聚。她依然很友善，像从前一样，给我泡上等茶，吃从南方空运过来的水果。只是不时地给我夸奖她身边的那群狗。她称它们为"情人"或"朋友"。她说：这些小家伙的优点还真不少，它们不会说你的坏话，不会背叛你，不会使你失望，更不会顶嘴。它们还会察言观色，在你情绪不好的时候，它们会静静地依附在你身边，它们是这样的容易满足，只需一个眼神或者轻轻地拍一下，它们就会猛烈地给你摇尾以示感谢。

我被她的话感动着，也被她身边的这群狗感动着，心里一直想给她说"养人不如养狗"这句话，可我一直没有说出来。

我是在一次醉酒后迷迷糊糊接到一个同学的电话的。他说英子出事了。我没想到英子会出事。我连忙赶往英子的住处，却发现她静静地躺在她家客厅的地板上。

英子已死去好几天了。她死于心力衰竭。这是医生的诊断。而围绕在她四周的是她的那群狗。

它们一动不动地看着她，在她的四周形成了一个巨大的"圆"。

英子的这群狗静静地、默默地守候了她几天几夜。

那一刻，我的眼泪如注，不知是为英子，还是为她的那群狗。

如果有来世，我愿做你身边的一条狗。

我在心里默默地对英子说。

看　海

看着这片蓝色的海，心情一下子沉定了许多。海风抚过耳边，痒痒的感觉让我产生了一种无以言说的寂寞与孤独。

泪雾蒙蒙，眼前的景物都被一层薄纱蒙着，若隐若现，美得让人炫目。我伸出手去抚摸它，但握住的却是空气，夹杂着海的味道。

十八岁时，第一次坐进了大学的课堂。生物学教授拎着一大坛子水走上讲台：同学们，海水是什么颜色的？蓝色的！我举起手答。同学们，海水是什么颜色的？教授又问。蓝色的！我把手举得老高，回答的声音异常干脆。你非常勇敢，可惜回答错误，海水是无色的！教授说完，教室里就响起一阵哄笑。

为了证实海水不是蓝色的，我心里一直揣着一个梦想：一定要去看海。

毕业那年，喜欢上了一个海边男人。他说他在海边长大。小时候天天提着筐子在海边捡红柳棵子、捞海带。有时还游进海里抓海蜇。他的话像一阵海风飘荡在我心头。不知道是喜欢上了海，还是喜欢上了海边的那个人，我就糊里糊涂地把自己卷进了隆隆东去的列车里，跟着他一起去了海边。

海边的第一夜寻常但不平静。

一浪一浪的海潮汹涌地卷着，发出巨大的轰响。原来海竟然是这么的生猛而富有激情。

那个男人问我知不知道什么叫海洋文化，我说不知。他一阵坏笑：海洋文化就是不守规矩。然后又补充道：所以海洋文化就是世界上最先进的文化。他的话像迎面而来的海潮让人恐惧，又让人无法拒绝。我想我是爱上海了！

其实在我见到海的那一刻里，海就进入了我的身体。那种被海的激情澎湃搅扰着、折磨着的滋味原来就是海水的味道！

第二天一大早，我们就起来看海，在退潮后的海滩上捡贝壳，捡五颜六色的小石子。沙滩上随处可见各种各样的贝壳，但都是残缺的，还有折断的蟹腿、稀软的避孕套和死去的小鱼儿。

海滩上的一切都让人稀奇，所以什么都去捡，猫着腰，弯着背，眼睛瞪得溜圆。于是，那些残破的半扇贝、刺手的海星、大小不一的石子很快就鼓满了我的行囊。为了证实教授说海水是无色的那句话是正确的，我还专门给自己的行囊里装进了一瓶海水。

午后的阳光很好。我们上了一个海岛，爬上一座由千万块礁石和贝壳胶合而成的山崖。一阵海风悠悠地吹了过来，带着一股浓浓的咸涩味，脚下海水一片苍茫。我望着大海，一阵淡淡的忧伤感顿时袭上心头，我理解了大海。大海原来是那样的浩渺，而又是那样的孤独。

岩石如刀一般锋利，一不留神，手臂即刻就被划破，红红的血液就冒出来。那个男人用手按住我流血的手说：疼吗？这下好了，你领悟到了海洋精神了！他说海洋精神就是礁石精神，是"硬汉子"精神。

那一刻里，我的眼泪装满了眼眶。我对他说：你纵然是那山，巍然屹立在海的岸边，我也要做温柔的海涛，轻轻拍打你坚硬的岩石。我感到他像一股巨浪把我卷进了他的漩涡里。我无法呼吸！我想流泪。

多想化作一块石头，永远与他长在一起，屹立在岸边，看潮起潮落，听海的轰响！

时隔多年，那个岩石一样的男人偶尔会出现在我的梦里，只是他的面容就像梦中的海水一样模糊不清。

此时，面对这片苍茫的海，我的心绪已不再像大海一样潮起潮落。我想对海说：我的心曾沉没在它的心底，但那是我生命中最为辉煌的一瞬！

飘散的香水味

小溪是个为媒体干活儿的女子，30 岁了还不想把自己嫁出去。她在单位的待遇相当不错，住着三室两厅的房子，还在高级住宅区。

她工作的这座大楼位于市中心——全市最高的建筑；她所在的那个办公室也偏偏位于这座最高建筑的最高层。所接触人物的地位也如同这座大厦的高度不差上下。小溪每天乘电梯登上楼顶时总有一种"撕把白云擦擦汗"的豪气。

小溪是个风情无限的女子，献殷勤的男人自然不少。可小溪总是偏爱那些身上散发着香水气息的男人。在她眼里，带着浊气和带着香气的男人体现着不同的境界。带着香气的男人很令人神往，如同男人与女人之间轻轻的爱抚，不粗野，不露骨，细水长流。

小溪当然更喜欢那些送给她香水的男人。香水是一种有魔力的水，能送香水给女人的男人自然具有不可抗拒的魔力。

很快，她的闺房里就堆满了大大小小的、品牌各异的香水瓶子。她不大研究香水的品牌，都是些洋文，记也记不住，也不在乎它有多么昂贵。她只在乎它散发的气息。她从香水的气息中来判断这个男人是不是适合自己的那个。

有个男人，默默地爱了她好多年。她也曾经爱过他，大学时，她曾想除了他，她可能不会嫁给别人。他憨厚、淳朴，常年野外工作，浑身上下散发着总也洗不去的汗味。可是爱情没有保险。她变了。她厌恶他身上的浊气。小溪的心正在为一个香气男人意乱神迷。他身上若有若无的暗香让她陶醉。她爱他的名气、他的职位、他的气度，更爱他浑身上下散发出来的幽幽香味。每次谋面，她都像飞蛾扑火一样奋不顾身。她贪婪地吮吸着他的气息，总也吸不够，是"幽带薇"还是"圣罗兰"？管它呢！这些都不重要。如果人世间有一种东西叫"爱"，那么这就是了。

香气男人送给小溪的香水摆满了整个化妆台。那瓶"芳裴蕾"牌子的香水是她的最爱。

她把它小心地放在一个醒目的位置，天天看着它，只要拿出来闻闻，只要闻到那股味道，她的心就会盛开如花。

那天，她到一位女同事家串门。

她的头在叩响门的一刹那，猛然地"轰"了一下。

那个曾给她说过多少柔情蜜语的、满身散发着香气的男人用陌生而冰冷的眼光盯着她，问她找谁。她一时语塞。倒是他身边那个娇滴滴的女人——她的同事——对她格外殷勤。

她手足无措，不由自主地拿起了同事桌子上放着的那瓶如此熟悉的"芳裴蕾"。

"喜欢就拿去吧，让他再送我一只！"同事如此大度地说。

"不了，我也有一瓶'芳裴蕾'，开瓶很久了，却没舍得用，气味挥发了！"

再一次走进自己的房门时，那些被她细心存放的香水在她的愤怒里成了一地的碎片，她没有丝毫的玉碎香消的心疼之感，只是各种各样的味道刺得她眼睛承受不住。

一个落寞的黄昏，那个让她不屑一顾的男人带着一身的汗味和浓浓的烟草味走进了她的房门。他吭哧了半天，才从一个巨大的旅行袋里掏出了一块黑糊糊、沉甸甸的东西："这块石头是我从青岛的海水里专门给你捞的，背了几千里地，你闻闻，还能闻到海洋的味道哩。"说完冲她傻傻地笑，又调皮地把石头拿给她闻。她闭着眼睛不去看他，泪却不断地涌了出来，又不断地被一只手抹去。那只手虽很粗糙，但却温暖，有着阳光和汗水的混合味道。

她想起了一个故事：土耳其女人最喜欢男人的汗味，当她们心爱的男人外出时，她们会把一块丝绸或手绢放在男人的腋下，让足够的汗味充斥其中，然后放在自己的枕边夜夜吮吸，直至汗味散尽……

她突然醒悟：爱和幸福的全部含义也许只是腋下散发出来的汗味啊！

情感种植园

那年夏天，女友和丈夫分手了。原因简单而俗气，丈夫让她的胞妹掠走了。他给了她十万元，几乎像逃离一样地离开了她。

心情好黑暗！她几乎分不清孤独和羞辱的界限。在前景茫然的绝望中，她请求情感专家的帮助。专家说：先从情感中走出来吧，想一想你有没有其他的嗜好。她用发胀的脑袋想了一整夜也没想出来。天亮时分，一个念头像鸟儿一样跳进了她近乎麻木的脑袋：她曾经那么渴望过拥有一个属于自己的种植园。毕竟，园艺学是她曾主修过的专业。

她为自己租了一个小小的种植园。她给园子里种上了各种花木和植物。她还专门辟出了一片空地，栽种品种各异、花色齐全的郁金香。

郁金香是春天花坛上的美丽公主，当冰雪融化、冬天结束的时候，郁金香就开得夺目灿烂了。

为照看好这些植物，每天早上起床后，她总是先要去园子里查看，看看它们是否发了芽，开了花。她了解土壤、肥料、根系、嫁接知识，清楚每一枝花草的特性。不到半年，她的郁金香走向市场，给她换回了一笔可观的数目。她让种植园再次扩大。几年后，女友的种植园就扩大了一百多亩地。

我曾多次在媒体上看过女友和她的种植园，心里总羡慕着，但却抽不出时间去看她。直到这个夏季，当我也在情感之路上把魂儿走丢了的时候，我才突然想起她。我决定去看她。

女友当年的情感遭遇像流行病一样传染给了我。唯一不同的是：拐走我丈夫的女人是我的一个闺友。我忍受不了两人世界的三人行。我想放逐自己，抛开以爱为名的种种束缚。

女友陪我抽完了生平中第一根烟，又递给我一杯苦咖啡，说：来！把生活的苦拌进咖啡的苦里，饮进我们的心！

女友秀丽沉静的外表，让我不禁有些怀疑，她就是那个拥有一百多亩种植基地和数万株郁金香的女人。

女友把我引进一个明亮、玻璃宫一样的房子，说：看，这里是医治有病花木的温室，它们曾是我售出去的花木，被环境摧残得失去了生机，时间久了，将会慢慢死去，于是过早地被主人弃到了墙脚。我让人把它们捡了回来，在这里给它们医治，总有一天，它们就会慢慢地恢复生机，被种植到上帝的花园里，开放出花朵来。

朋友的一番话让我的眼睛里有了泪光。受过摧残的花木们尚能恢复生命，受过摧残的人心呢？还能不能得到治愈？朋友似乎读懂了我的心思，说：其实，植物和人一样具有灵性，与其说是我们在医治生病的花木，不如说是花木在医治我们。

朋友停顿了一下，说：他回来了！又说：他很不情愿地为她——我的胞妹——还清了7位数的赌债，而且还签了一份绝交书。我问朋友是否准备接纳和宽容他们，朋友浅浅一笑说：我已经原谅他们了。真希望他们就是两株生病的植物，这样，我就会把他们迎进玻璃房给他们医治。她的声调从容而恬静。

花木净化了她的心，让她看上去比以前更加大度，更加清纯妩媚。

朋友的一番话让我心底一片澄清！我想我已经走出了情感的沼泽地，而且，我的嗜好也有了：明天我就去一个慈善机构应聘。

生活从此不再失落

葛良从床上爬起来，用手拍了拍空凉的前额，又重新钻进被窝。

这是葛良多日来第一次睡懒觉。他感到整个身子轻飘飘的，有雾里下山、电梯升降之感，不同的是，雾里下山，立即会踏上平坦之路；电梯降下来，还有升起的时候。而人呢，尤其是一位做过多年领导的人，一旦从岗位上退下来后就再也不会重返。葛良失落得有点透不过气。

恰时，妻子端来一杯白开水，放在床头上。葛良每天早上起床前的第一个动作是先喝一杯清茶。他说，只有清茶才能浇醒他，让他整个早上充满活力。而今早，妻子用白开水替换了平日的清茶。她用平和的语调对他说：咖啡好喝，红茶绿茶味道也不错，但最解渴的永远是白开水。

做了几十年领导夫人的妻子活得一向洒脱。她 57 岁，却依然保持着 30 岁年龄的身材，35 岁年龄的心态。她挽着高高的发髻，穿着睡袍，轻盈地在睡房里踱着步子。

葛良用新奇的目光打量妻子。这是妻子多年来说的最有水平的一句话，自己怎么就不明白这一点，总想往白开水里加点"盐"呢？明知道自己年龄到限了，还要求多工作几年，总觉得自己不算老，期盼着职务能再上一个台阶，结果越喝越渴，胃口越吊越坏。而制度是无情的，年龄是个硬坎儿，谁都过不去，到头来只能是在已有的失落中又增添几分新的失落。这实在是不合算。

二楼的露台上有个精致的鸡舍，是妻子精心设计的。妻子喜欢养宠物鸡，公的母的养了一大伙，妻子养鸡一点都不图鸡的利润，只图鸡给她带来的开心。她每天的大部分时间都和鸡一起度过：手里握着表，计算着鸡什么时候该喝水，什么时候该吃青菜，什么时候该吃维生素。她像保养自己身体一样来保养这些鸡，以至于这些鸡看上去总是黄恹恹的。有的母鸡干脆就失去下蛋的能力。而妻子总在他面前表扬她的鸡，说它们通人性，比人有教养。

葛良本来对鸡不十分感兴趣，可如今闲下来了，闲下来了就意味着自己彻底成了闲人。一个闲人除了和妻子在爱好上保持一致外，做什么都不十分重要了。葛良抬头朝二楼方向看，他看见妻子正把那些鸡一个一个往楼下抱，她说她每天早上都要把鸡抱到楼下的院子里，让它们做半个小时的自由活动。

葛良感到妻子的举动有点可笑，他快步登上楼梯，将那些鸡一只只奋力地扔了下去……

让他惊奇的是，半小时后，这些鸡竟然排着整齐的队列缓缓地爬上楼梯。有只稍微笨点的母鸡，一不小心踩空，从楼梯上滚了下去，可它立即翻身爬起来，然后又急忙往二楼爬。它们乖顺地回到自己的鸡舍里，等着吃女主人为它们准备的维生素。

哈哈哈！葛良兴奋得差点岔了气。多日来弥漫在心头的云雾呼啦一下散开了。他喜欢上了这些鸡。

他准备开始对鸡们进行更高层的训练。这些鸡由妻子培训了多年，属于训练有素的鸡，再施加高难动作，鸡都能适应。

葛良开始对鸡进行第一步集训：他要让鸡们学着躺在地上吃食。这个动作难度大了点，他就一个个地单独培训。每次给鸡喂食时，不是直接给它们米吃，而是先冲过去，乘鸡不备，将其摁倒在地上，然后再喂它。每每如此，久而久之，鸡们一看见他拿着米过来，就会先行躺倒在地，等着吃米。

他教鸡们和人目不转睛地对视，一次对视可长达十分钟之久。

当然，不是每一只鸡都那么听话，有的鸡不仅不听话，而且还有意地把屁股对准他，那么，这个鸡可要倒大霉。葛良每天下午都要对鸡们的当天表现开个总结会。对表现好的鸡实行表扬和奖励，对那些不听话或者迟钝的鸡实行批评和教育，而对个别把屁股对准他的鸡要实施制裁。真是胆大包天了，敢把屁股对准我！他会对鸡的粗鲁行为进行惩罚：轻则饿它一天，重则狠打一顿。看你还敢不敢把屁股对准我了？

　　葛良训练鸡的消息传了出去，好多退了休的老朋友闻风赶来看热闹。他带着他的鸡给老朋友表演。他的鸡个个都很听话，表演得非常出色，迎来了阵阵掌声。大家都表扬说：葛书记真是好样的，以前领导做得好，现在退下来了，连鸡都训练得这么出色！

　　葛良家里充满了笑声，葛良越发随和起来，脸也红润了。

　　他兴奋得对大伙说，他准备买一些鹅回来，他要转行训鹅。

生命的温度

公司员工都知道年轻而帅气的老总有一个让人琢磨不透的个性。

在毫无特色的日子里，他整个下午和员工们追追跑跑，历险的游戏一个接一个，情绪那么高涨；静下来时，他便用深邃的目光注视着公司里每一个平凡、有点灰色的女工。那目光极具杀伤力，女工们就像遭了电击，脸儿红扑扑的，如同初恋，个个便有了异性相吸的冲动。然而，一旦下车间亲手操作机器时，他的脸却板得像块门板，吓得工人们连大气都不敢出。可不管怎样，员工们都在心底里默默地敬慕着他。有个流浪街头的老婆婆几乎每个黄昏都会到公司广场边的长椅上坐着，喘息着，灰色的头发被一条白布絮胡乱地缠着，手里提着一个布袋子，黑的，如同她伸出的手。她选择每个黄昏时分赶到这里，这时正是工人们吃晚饭的时候，她很快就获得一个肉包子、一个苹果或者一袋牛奶，而她面无表情地随手接来，装进袋子，好像她已经习惯这样了，并不知道感激，甚至连个头也不点一下。人们对此也从不计较，情愿相信这样的人就该无情无意。

一个傍晚，这位威严而随和的老总来到老婆婆跟前，他在她跟前放了些什么，但却没有远离，他只在她周围转悠着，过上一会儿就在她跟前弯一次腰，再放点什么。老婆婆照样不抬头看他，也没有将他所给的东西立即装进袋子。

难怪这个老婆婆每个晚上来这里。她是来接受老总的施舍的。几个在树下聊天的女工看见了她们的老总。

当质疑的目光还没有离开老总和老婆婆的时候，他们又看到了另一番情景。老婆婆突然搂住了老总的双脚，抬起了一向低垂的脑袋，惊喜地张开嘴巴跟老总说话，她的声音一点都不好听，粗糙而嘶哑，她们听不清老婆婆的话，却看见老婆婆顺着老总的裤脚往上摸，一直摸上了他的腿、他的腰、他的胸，最后停留在他的下巴上。当老婆婆把她的手搭上一张光洁而轮廓分明的脸上时，她的身体剧烈地颤动起来，声音都有些异样，仿佛是从喉咙里发出来的。她的眼神盯着老总的脸，嘶哑的声音渐渐小了起来。黑暗中，老婆婆暗淡了很久的目光一定非常明亮。

女工们不想放过老总。她们想知道他到底给老婆婆放了些什么？为什么不把东西一次全给她？为何能忍受一双肮脏的手抚摩他干净的衣服和面庞。

他显然不会把原因随意告诉别人。也没人敢去追究，因为他是老总。

不久，公司员工举行了一场聚餐会。老总一高兴就多喝了几杯，酒后的老总突然像解除了武装的战神马尔斯。女工们一哄而上围到他跟前，终于掏出了他的秘密。女工们问他在老婆婆跟前放了什么。他说：放了钱。放了多少钱？他说：总共加起来也就一百多元。为什么不一次全给她？他答：因为整个晚上没有人给她放钱，老婆婆很失望，所以他就多放几次，让老婆婆多高兴几回。

老总说：只有在付出了的时候才有收获。这是生命的常态。也是他解除寂寞的一贯方式。他承认自己的爱心还远远不够，不能解除老婆婆的苦难，只想做些力所能及、举手之劳的事，不料他的脚却被她认了出来，他脚上的皮鞋让她认出他就是不停送给她钱的那个人。她想摸他，说：要是有个儿子多好！这也是举手之劳的事。他就满足她了。老总最后补充道：她的手虽然很脏，却也有温度。

老总的话让在座的人一片沉默，浪潮一样的掌声许久才突然爆发出来。

箫声悠悠

　　多年前的一个秋季，她在那个破旧的校园里第一次和他相遇。

　　那时，她刚刚和丈夫离异，拉扯着一个不到两岁的小男孩。孩子晚上时常尿床，爱面子的她每天早上起床的第一动作是抓起地图一样花花彩彩的被单寻找太阳，而阳光似乎只驻足在对面的他的窗前。当她掂着脚尖，轻手轻脚地把晾晒物挂在绳子上时，她的脸上就不自觉地腾起一抹红云，羞涩的眼睛禁不住地往他的窗内瞅上一眼。可每当黄昏到来之时，那些晾晒的被单总是被他整整齐齐地叠放在她的窗前。

　　学校由一个破庙改造而成，四周没有围墙，豁豁拉拉的操场已被周围的居民一点点蚕食去种上了萝卜、白菜；一颗老柿树兀自伫立在校舍的一角。树下有一口井，枯了，据说原先的水很旺，只因为一个老教师不堪忍受政治凌辱，纵身跳了下去，随后井里的水就慢慢枯了。傍晚过后，师生们一一散尽，校园里就只剩下空旷与孤寂了。

　　他的留守在她的心湖里形成一圈圈细浪。但她很少去理他。男人是毒蛇，一朝遭蛇咬，十年怕井绳。在她的心中，他无异于一条井绳。

　　夜阑人静时，隔窗望去，对面的窗纸亮亮的。一阵悠悠的、凄凄哀哀的箫声便从窗户里慢慢地弥散出来，融入她的耳里。她知道那是他吹给她的心曲。他几乎每天晚上都会对着她的窗户为她吹上几曲。一种无名的伤感淡淡地，像层涟漪，把漂浮在心中的污浊一点点荡尽。她有足够的泪水在他的箫声里毫不掩饰地流去。从此，他的箫声就成了她每个黄昏时分的等候，一天的烦恼和不快都会在他的箫声里涤荡无余，把慰籍留在她的身边！渐渐地，她对箫声由习惯变成了一种期待与渴望，她甚至暗暗地希冀他踏着落叶的脚步能时时地通过她的窗前。

那个春天来得格外早，离异的郁闷仍然忧结在心头。他忽然叩门而来，邀她去坡后看桃花。

越过山脊，满坡的桃花开得正艳，漫山遍野一派热烈而透明的粉红世界。那种铺天盖地、团团怒放着的娇柔激起了她异乎寻常的悸动。他勇敢地抓住她的手，说：枝头上已经缀满繁花，而你的心头为什么还郁结着不合时宜的寒霜？瞧，这遍地自生自灭的野桃花多自在，开得这么没遮没拦。于是他掏出箫，在春光明媚的原野上，吹着没遮没拦的心曲。

但箫是没办法欢快的，任你怎样地吹，它只一味地苍凉而幽咽，她其实就是喜欢箫的这一点。面对着一片灼红与灿烂，她的心竟美得只想流泪。他顿然收起箫，望着她，说：姐姐，我想和你在一起，永远永远不分离……他公然向她表白，而她却如同遭了电击一般，呆在一旁。一个阳光灿烂的年轻人如何去爱一个结过婚、受过伤的女人，况且他充其量也只是个弟弟，一个弟弟和一个有了孩子的女人能有什么样的故事。

"别，你可别胡来！这绝对不行！"她连连后退。他愣在一旁，箫无力地耷拉在手中。一种欲爱不能的感觉有点使她支撑不住。她心里涌出了两个选择：要么赶快找个男人把自己嫁了，要么选择一种方式去自杀。

这时，一个男人从天而降，他是个生意人，不好也不坏，却足以能为她和孩子遮风挡雨。为了他，她跟着那个男人毅然而去。

日子四平八稳地过着，男人很少说话，却也不热不冷，不愠不火，因为他在家的日子一年算下来也是屈指可数的！她甚至对自己的丈夫去了哪里，什么时候回家都把握不住。

宽敞的房子里，她独自一人守着属于自己的那份奢华，可她感觉不到任何快乐！

有天晚上，她床前的电话铃声骤然响起：喂——。对方没有回音。一阵沉默过后，一曲悠悠颤颤的箫音透过电磁波缓缓传到她的耳际。她静静地听着，听着，她似乎听到了山野上风的呼唤，她甚至听到了星星坠入云海的声音，那声音大而无边，直透心脾。

从此，她渴望响彻在黄昏时分的每一次电话铃声。她知道，铃声过后是他断魂销魄的箫声。那箫声———一种无法抗拒的魔力和诱惑，或许会成为她支撑生命的全部理由。

而今夜，黑暗竟是如此的深远而漫长，他的箫声却迟迟不来。她坐在浓墨一样厚重的夜里，连幽幽的台灯也不愿开，就那样静静地守着。忽然间，她痴痴地笑了，她看见，黑夜一层层消隐，眼前一片漫山遍野的桃红。

阿 齐

　　早年的阿齐脑勺后面曾经留着一个小辫子，他会玩各种乐器，也写曲子，但往往是写给自己的。那些低声细语的音乐人看不惯他的丑相，也不愿意听他嘴里冒出的土话，总觉得他只是一个满身都沾满了牛粪，却在脑勺后面扎着一个猪尾巴，就声称自己是搞音乐的冒牌货。

　　可是阿齐却满不在乎，而且经常乐不可支，抱着自己写的谱子到处寻师觅道。不过，他还是挺走运的，最终挤进了一所学院的音乐课堂。开始的那些日子里，他总是人们的笑料。连那个坐在讲台上的、浑身散发着艺术气息的音乐大师也被他逗得一乐一乐的。

　　"使出你的招数吧，阿齐！除了怨天怨地、哭哭泣泣的二胡以外你还会什么？"导师问。

　　"我还会好多呢，老师，除了哭哭泣泣的二胡，我还会蹦蹦跳跳嘎巴脆的笛子，还会古筝、琵琶。"阿齐的回答招来一阵哄笑，因为他说话时，鼻子像是让人给捏住了，简直像是个刚刚开叫的小公鸡。阿齐就在别人的哄笑声中演奏自己的作曲。导师问他这个曲子叫什么名字。他说有的曲子不需要名字。导师又问：这曲子咋没有高潮呢，音乐是要有高潮的，知道吗？你的曲子还没有展开！阿齐就虚心地看着老师。导师说音乐是相对生活"噪音"而言的更高级别的声音，生活中所有的声音都能成为音乐的材料，但音乐必须有高潮，它是音乐结构的灵魂。阿齐被导师的话感动，就询问导师从哪里寻找音乐的高潮。导师说，任何一个地方都可以找到，城墙上、胡同里、小河边，只要用心找，都能够找到高潮。

阿齐就按照老师的话去寻找音乐高潮。

阿齐所在的城市是个很有名气的古都,古都以古城墙保存完整而闻名。

阿齐想到的第一个好去处就是古城墙。

登上古城墙,阿齐似乎感到一种声音像空中的行云一样慢慢向他飘来,那声音的暗流一下子就冲进了他的体内。阿齐意识到音乐的高潮来了!他幸福地嗷嗷直叫,禁不住在城墙上翻起了跟头。这一翻就没法收拾,直到精疲力竭,才停下来摸自己麻木了的头顶。阿齐感到有一股粘糊糊的东西往外涌,原来,他的头顶被墙砖磨破了,流出了好多血,被人送进医院,缝了三针!

阿齐的伤没有白受,他找到了音乐所需要的高潮。在头皮麻木的状态下,他竟然写出了一首名为《火鸟》的名曲。

演奏《火鸟》的乐队越来越多,阿齐的声誉也在《火鸟》的演奏声里越升越高。没有人再嘲笑他的方言土语,而且他的公鸡嗓子也成了时尚,成了青年人模仿的对象。

阿齐成名了。

成名的阿齐把头剃得精光。他组建了一个百人乐团。他打破艺术家视百姓为愚氓的贵族气,率团队去乡野做露天表演,雪雨天也不间断。一开始,人们只是看稀奇,看热闹。乡里人没有几个懂得音乐这名堂,往往跟着瞎起哄,以为临时搭的剧场就是自由市场,闹哄哄的不成体统。渐渐地,百姓们听出了门道,他们慢慢地欣赏起了这民间气息很浓的高雅艺术来。时间越长,他们越喜欢,最后竟然和他们难舍难分了。他们身披雨衣,大雨滂沱也没人退场,感动得阿齐泪如雨下,不停地向观众深深鞠躬。

阿齐开了艺术下乡、为群众演出的先河。他的名气更大了。可阿齐对名誉上的事没有多大兴趣。他说他做的这一切不是为了名誉,而是为了感受音乐的存在。

于是,在一场演出结束后,他等观众全部散尽,将整个舞台铺满黑纱,命令乐队全体男女脱掉外衣,近乎赤裸地在黑纱上狂欢起舞。阿齐,一个光头舞者,在人群中心奔跳,轻盈得像鸿毛浮于空中。有人抱怨,没有观众,跳给谁看?阿齐怒斥那人太俗气,不适合搞这么高雅的东西。他问:山上有个寺,寺里有个僧,僧从早到晚弹琴,试问,他弹给谁听?没有人能够作答。阿齐说:谁想成为脱俗的音乐人，谁就得跳无人观看的舞蹈。

当人们寻思他的话时，他却悄悄地收拾行囊离开了。

他走时留下了一句话："我去追寻音乐了，音乐的脚步迈向哪里，我就跟向哪里。"

没有人知道阿齐去了什么地方。

安 子

安子从事摄影生涯已经大半辈子了，却一点名气都没混出来。

"大林哪，你说老哥这辈子力没少出，钱没少花，为了摄影，我穿戈壁、越沙漠、过沼泽、下海南，连二万五千里长征没到过的地方都去了。有一回为拍摄一个漂亮的维族姑娘，我差点让那帮维族男人给活活打死。他们夺了我的相机，还把我像狗一样扔出他们的村子。看，到现在，我脸上还留下了个印记呢！"安子指着他脸上的一块青疤让大林看。

看着一脸沧桑的安子，大林心里一阵难过。大林说："老哥呀，艺术这玩意儿有时难把握，没有非常之举，就没有非常之作；想引起人们的关注和一定的社会反响，就得骇世惊俗。这骇世惊俗的作品多数都是从自己身边的生活中得来的。你去的那些地方已经让电视台和报社的人遛过了，早就不新鲜了。拍一些身边的人和事吧，说不定会有所突破。"

大林的一番话让安子茅塞顿开。他立即决定脚踏实地，从身边开始做起。

安子决定先拍一组人体。他费尽三寸不烂之舌，才说服了市剧团的一个下岗女演员来做他的人体模特。几天的周密准备之后，他选择了一片长满红叶的山坡作为理想的拍摄地，他要让人体与自然达到统一。他带她来到拍摄地，左选右选，就是找不到脱衣服的地方。原来，就在山坡的顶上，耸立着一座高高的电视塔架，竟有十多个工人天天在上面作业。他们的一举一动都逃不过那些人的眼睛。不成！为避免意外，还是以收场为宜。

失败了再来。安子又选择了一座寺院作为拍摄地。寺内有红柱古砖墙，有古老的大钟，更有千年的古柏。这将是个再理想不过的地方了。他说通了寺内住持，让他把香客们都挡在门外。几天过去了，一切准备就绪，只等模特的到来。模特终于来了，可她却红着脸难为情地对安子说："不巧，我来身子了，脱不成衣服了。""哎呀，我咋这么倒霉！"安子气得满脸的皱纹都在颤抖。

这天，安子路过一条大河。一帮汉子在河对岸一边咿咿呀呀地唱着号子，一边打着夯加固堤坝。好一幅动人的画面！安子灵机一动，立即掏出相机准备拍摄下这一活生生的镜头。可是距离太远，要选好角度必须得蹚过这条河。河里的水还不浅，又是个大冬天。不怕，为了心爱的艺术，有时得豁出去才行。安子一咬牙，鞋子裤子全部脱光摔在了岸上。他急乎乎地跑到打夯的汉子们面前调试镜头。汉子们突然看见一个上身穿着黑棉袄，下身精光、白亮的男人，蹲在地上，手里捏着一个亮闪闪的东西，还以为他是个疯子，专门赶到他们面前来大小便的，于是都纷纷扛起杠子来打他。安子吓坏了，他生怕自己的相机再被人夺了，连忙落荒而逃。安子受了惊，又挨了冻，回到家里一病数日不起。

艺术之路怎么这么艰辛！迷迷糊糊的安子躺在床上想。

寒冬过去了，天开始慢慢暖和了起来。安子又来找大林。大林依然劝安子从自己身边找素材。安子回到家里，坐在沙发上抽闷烟，想心思，这时他看见挺着大肚子和儿子一同走进家门的儿媳。呀，有了！这不是现成的题材吗？一个奇妙的主意蹦进了他的脑子。他决定拍下一个鲜活的生命在母亲生死关头诞生的全部经过。题目都起好了，就叫《生命之门》！这一定是个新的创举。可这个创举想起来容易，做起来难哪。安子想了半天决定先去做老伴的工作。老伴倒是个洒脱人，她说只要儿子、媳妇那关能过，她没意见。老伴这么理解他，他大为感动，就在她荒凉的额头上印了一个响响的吻。下一步该做小辈们的工作了。他鼓了很大的劲儿才向他们说出了自己的想法。一开始，他们怎么也理解不了父亲的这一提议，可经过夫妻俩多次的协商之后，他们终于想通了。为了父亲的艺术，还是满足他一次吧，再说，这艺术事业是需要有人献身的。安子为后辈们的理解与支持激动不已。为拍下这一激动人心的镜头，他掏高价，重新购置了一架高清晰度的数码相机。

儿媳的临产期等来了。他牢牢地守候在她的身边。虽然他被她的长一声短一声的尖叫弄得牙龈上火，可他的心还是不听使唤地嘭嘭跳。

终于等到她进产房的那一刻了。他手持相机紧随其后,"哧溜"一下就溜了进去。"干啥呀,干啥呀,女人生娃,男人进来干啥?出去,出去!"几个白大褂连忙将他朝外面推。"我是她公爹,我是来拍照的!""生娃有啥拍的?哟,一个公爹来拍儿媳妇生娃,稀罕,头一回听说,老流氓!"一个年轻的护士不由分说地将他推向门外,"咣"的一声关了门。安子万念俱灰,一屁股蹲在产房外的椅子上。他痛苦得眼泪都要掉出来。

"安子,安子!"是大林的声音。"有了,有素材了!西镇的成百万死了,今天入土哩,场面挺宏大的,洛河古道的乐器班都去了,咱赶快去看看吧!"

安子和大林驱车前往万福山,看成百万的葬礼。

安子站在两个黄土包中间的岔口处尽情地选镜头。这里没有任何人的干扰和阻拦,不用躲藏,不用回避,也没有人将他像苍蝇一样地驱赶开去。他自由自在地调着焦距,拍下了整个葬礼过程的全部。

他挑出一张取名为"土葬"的照片参加全国举办的一次摄影展。令他惊讶的是,这幅照片以其深刻的焦点敏感性获得了土地杯全国金奖。还让他获得了3万元的奖金。

再次目睹自己的作品,安子两眼一片茫然。画面上,滚滚奔向东南的洛河像一条缎带,在黄土高原上蜿蜒盘行;鼓着腮帮子的吹手们仿佛要把古塬上留下的千年沧桑一股脑儿吹尽;长长的送葬队伍拖着重重的步子,似乎正在探寻着老天荒的漫漫天涯路;远去的背影里,秃岭荒山上,墓冢一座挨一座地挤满了整个山冈,挤满了人们的视野……

安子看着看着,眼里就有了热乎乎的东西在涌动。

火山石

妻子一大早就从被窝里爬出来，光着身子打开窗户朝马路上望。我问她看什么，她没理我，只"唉"了一声，又回到床上。她把靠垫靠在背上问：知道今天是什么日子？我迷糊着说：什么日子呀？情人节！什么情人节呀，咱又没有情人，干吗过那劳什子节？真没情调！妻子把头歪在一旁，不理我了。过了会儿，她又凑近我说：情人节是个特别的日子，这天一大早，第一眼就从门孔里向外望，如果你看到的第一个人是个单身男人或单身女人，则表明这一年里，你将注定要打光棍；如果你看到的是两个或者更多的人，那就不同了，你准能找到理想中的情人；如果你看到的是一只公鸡和一只母鸡在一起，那就更好了！妻子说后嘿嘿一笑，又说：不过呀，如今，我们住的都是高楼，从门孔里几乎看不到什么人了，城区空地也见不到公鸡母鸡了，那就从窗户朝外看吧，要是能看到一对鸽子和一群麻雀也行。

妻子是学洋文的。这样的话从她嘴里出来一点也没有引起我的好奇。不过我还是问了句：那你看到什么了？她没回答我。我也没追问。我翻了个身又睡了。今天是周末，我总在周末的早上睡懒觉。

妻子开始起床，她从来都不睡懒觉。家里的所有家务全由她包揽，她总趁我睡懒觉的时候，把那些该干的活儿都干完。每个周末都这样。

中午，我去公司取文件。途经一段繁华地段时，看见一帮头戴花帽子的小胡子手持胡琴，呜哩呜拉地唱着情歌。原来是一伙新疆人，面前堆放着一大摊离奇古怪的赤红色石头。我随手搬一块来看，沉甸甸的，上面色泽闪烁，光斑滢滢，果然耐看。再翻过底部平面，只见上面用古老的石鼓文字刻着"海枯石烂，唯你是缘"。我的心"咯噔"了一声，这不正是十八年前我亲口说给妻子的那句情话吗？

看着，看着，一股酸楚感在我的心里直打转转。得承认，我和我妻子的那种刻骨铭心的激情因为我的麻木不仁越来越淡漠了。随着岁月的流逝，我变得越发自私，越发霸道，晚上回到家里吃完妻子端来的饭后就斜在沙发上，手里拿着遥控，牢牢地控制着电视屏幕，让她也跟着我看她最不爱看的足球赛；我经常把她为我在商场里千辛万苦买回来的衣服扔在一旁，或者扔给她一句：这衣服可以拿去扶贫！我还记得有一次，她把我的一件上衣不小心洗坏了，她怕我向她大发雷霆，就跑遍全城偷偷地为我寻找同样的衣服……看着这块火山石，我决计立即买下它，送给我的妻子，并决定从今天起，我要主动去爱我的妻子。

走进家门，我就把刚刚买来的那块火山石摆放在妻子面前：情人节快乐，亲爱的！并立即朝正在厨房忙碌的妻子脸上猛吻了一口；我还赞美她：你今天穿的这件毛衣真漂亮！妻子手里的切菜刀滑了一下，差点切了她的手指。她把那块火山石抱在怀中，翻来翻去地摸，呆呆地望着我，茫然不知所措。我对她的反应没有惊奇，因为这是我婚后头一次为她买礼物。

我决定延续我对她的爱。第二天是个礼拜天。我带着她和孩子去了一家刚开业不久的海鲜酒楼，专门为她点了几样她平日里很少吃却又十分爱吃的菜。这顿饭几乎花费了我半个月的工资，妻子吃过蛮后悔，一直说，那些海虫子也真不是我们能吃的，以后还是不要上这里了。我甜着嘴说：只要夫人高兴，我每个周末都请你来吃。妻子听后，半天没说话，她把头垂得很低。

从此，每个周末，我都会抽出时间带她出去走走，我们去看海洋宫，买来胶卷为她和鲨鱼拍照，我还教她如何放松自己，如何活得潇洒一些。

一天晚上，妻子在书房的博古架上擦拭灰尘，在挪动那块火山石时，脚下一滑，打了个趔趄。我立即扑上去，稳住她，又捏着她又冰又脏的手问：好悬！你没事吧？她沉默了一会儿，又翻看了火山石底部的文字，这次，她不仅一点都没高兴，反而开始悲伤了起来。她走近我说：告诉我，你是不是知道了我不知道的东西？我记得几周前我们俩去医院里做过体检，体检结果是你去的，你说我们身体检查没问题，就没有把结果表拿回来。告诉我，你为什么对我这么好？我是不是快死了？她的眼睛变得通红。

　　这下子轮到我茫然了：你胡说什么呀？我该怎么给你说呢？我紧紧地搂住妻子说：你永远都不会死，我对你的爱才刚刚开始。

将军二三事

将军是扛着他那杆双铳猎枪跟统帅上山参加革命的，那年他正好十八岁。

十八岁的将军作战骁勇，像丛林里的一只山豹；他那杆猎枪神出鬼没，一枪能打塌一座土楼，足让十里八乡的敌人闻声色变。

将军一腔正气，浑身是胆，连死神也不敢轻易碰撞。无数个同伴在无数次冲锋陷阵中倒下去了，而将军的铁躯上竟没留下一处弹片擦伤的痕迹。

将军的双铳猎枪架不住将军的火暴脾气，终于报废了。当将军的腰上插上两把锃亮的盒子枪的时候，他已成了全军团赫赫有名的尖刀营营长了。

当了营长的将军最听统帅的话。统帅说，打仗不能只是横冲猛闯，要动脑筋，会使计谋才行。

那年攻打长沙，将军的尖刀营变成了先遣团。第一轮的攻击失利后，将军抓耳挠腮，思谋良久，决计给敌人来个"火牛阵"。将军集结了成百头耕牛，命令士兵在牛角上绑尖刀，牛尾上沾桐油，挂鞭炮，然后放火驱牛陷阵，果然一时蹄声震地，炮响连天，守在前沿的敌人但见烟尘四起，隆声大作，以为洪水猛兽，纷纷作鸟兽散，来不及逃亡的竟被踏了个稀烂。

将军站在高地上，左手挽白马，右手握烟斗，哈哈大笑，豪气干云。正得意间，不料风云突变，情况大为逆转。原来牛群突破前沿阵地之后撞到了敌人的电网警戒线上，一时间电弧忽闪，加之敌方榴弹炮、机枪连击，牛群一时不知所措竟掉头回跑，冲回将军布防的纵深地段，结果将军的士兵被践踏不计其数，部队溃不成军，最后将军只得下令阻击手枪击狂牛，撤军三十里，放弃前沿阵地。

155

在那个需要"在战争中学习战争"的年代，革命统帅并没有降罪于将军。他命令将军打扫战场。于是数百头死牛被收集起来给全军做膳食，这样一来，吃了败仗的军队三天之内竟顿顿大吃牛肉，大享口福。

将军这仗打出了名气，成了军中的笑谈，人们暗地里称他为"火牛将军"。

将军在战略大转移的时候，成了全军最出名的勇士：飞夺铁索桥，智取黑水河，激战匪骑兵，立下了赫赫战功。到了解放区，将军已升任纵队司令。

当了司令的将军，成了传奇式的英雄。那时候，许多从国统区投奔解放区的学生兵一下子把将军给包围了。

识字不多的将军三十四岁的时候谈上了恋爱，他爱上了一个学生兵，那个叫雪儿的学生兵是将军从河里救出来的。雪儿能歌善舞，也能吟诗作赋，把一个浑身是胆的将军迷得轻飘飘的。一天下午，雪儿和将军在山坡上散步，雪儿指着一棵树说："你看，这棵树长得多美！据说它是唐僧当年去西天取经时路过这里种下的。"将军也跟着迎合道："是啊，好壮啊！我看把它砍下来做枪托，准能武装一个连。"雪儿就觉得有点扫兴，她感到革命将军太不浪漫、太缺乏情调了。一天巡哨回来，将军发现桌子上放了一封信，信是雪儿写的，信上说她去太行山慰问演出了，末了，留了一句话说："再见了，以后我不会再回到你身旁了。谢谢你这些日子里对我的关爱，最后给你一个吻。"

将军一生打过许多胜仗，发放过无数的战利品，什么都见过，可就是不曾见过吻；雪儿既然送给他一个吻，自然就有这个东西。将军东翻西找找不见，急得大呼警卫员；警卫员见信吃吃笑了起来，让他去问政委，政委看后也笑了笑没回答。最后，将军的吻没找到，却反倒找回了一堆笑话。

人们传言说雪儿跟那边的一个能打仗又能跳舞的将军近乎了，将军得知后整日阴沉着脸不说话，只是把随身携带的枪擦得雪亮。

爱情是自私的。将军记住了雪儿给他的绝交信中引用的革命导师的语录。

那晚，军中举行全军文艺大调演，将军是提着枪去看完雪儿的最后一场演出的。

演出结束后，将军约雪儿到河岸边。

杨柳依依，月明星稀。将军铁青的脸上一双眼睛在燃烧。"革命军人不能侮辱。"将军说。

红风筝

陈　敏

呜咽的风遮掩了他们语言交流的所有内涵。随之一声枪响，雪儿倒下去了。

将军把自己铐了起来，去统帅部请罪。面对爱将，面对三千官兵的签名求情信，统帅压住了内心所有的郁愤对将军说："你这是用解决敌我矛盾的方式解决了人民内部矛盾哪！"

将军走向刑场所的时候，仍然是一袭干干净净的旧军装，壮实得像一截松树杆，只是没有军帽，也没了锃亮的盒子枪。

将你的心带在身上

1988 年，她大学毕业回母校带第一届学生。她教的是综合英语。学生们刚刚通过高考，基础都不错。那时正流行朦胧诗，除了上课，她多数时间里和他们谈文学，谈诗歌。学生们都喜欢她，她也喜欢他们。

她穿着一件白色的灯笼裤，头上扎着两只羊角辫，细细的高跟鞋把校园的小路踏出了一片喜悦。上课的铃声成了她无限的快乐。讲台上，她如同太阳，几十张面孔像向日葵一样绕着她转。她觉得自己年轻的生命像气球，轻盈、饱满、随时都能飞上蓝天。

学生成了她生活的全部，她甚至不知道教室以外的惊喜。直到有一天，坐在最后排的一个高个子男生拼命地举手，示意她到后面去，他说他有问题单独向老师请教。她走向他，弯下腰去看，却发现他桌子上并没有课本，而是放着一张白纸。学生问："老师，'我爱你'英文怎么说？"她的腰突然直了一下。这显然不是问题。她没有告诉他，只是脸微微地红了一下。"老师，您能把这三个英文字写在纸上吗？"他把笔递给她，执意让她写。她看扭不过他，只得写了。I love you（我爱你）就落到了他的纸上。

以后的英语课上，她发现那个男孩总是聚精会神，但不是在听她讲课，而是在看她的侧脸。直到有一天，他又拼命举手说有问题单独向老师请教。这次，他的面前放着一幅画，一张她的侧面素描，逼真而形象。旁边还附着一首诗：我将你的心带在身上：哦，琼，/我将你的心带在身上/用我的心将它妥善保藏/我要一直把它带在身上/无论我走到哪里/你都伴我身旁/无论我一个人做什么/都是来自于你的力量……他问："老师，您觉得这首诗如何？"她欠身去看，才发现这首诗的许多地方都有个"琼"，琼是她的英文名字。

她的脸红到了脖子根，他的脸更红，他自始至终低着头，不敢看她。"老师，这首诗，您能不能朗诵一下？"他用更小的声音说。她头一次遇到这种问题，而且是在课堂上，她不知道如何应答。只好装作没有听见。还好，这时下课铃声响了。那一刻，她感激得要命，铃声把她从尴尬中救了出来。

那是个以学习为主旋律的时代。校园里师生之间任何小动作都会被视为大逆不道。而且一个年轻，一个青涩，都过不了自己那关。她怕惹出什么事端，为了他的前程，为了他的好，也为自己，她本能地远离了那个学生。

她去省城接受研究生课程培训。她拿了学位，又留在那个名气不小的大学任教。她把生活闯得花花绿绿，却把心闯得伤痕累累。若干时日后，她回流母校，被安排在小城最豪华的别墅群里小住，不经意间，竟一头撞见了当年那个淘气的男生。不是他自我介绍，她差点没认出他来。他成熟而老练，更多了几份帅气。她才知道，他没有考上大学，很早就下海经商，做楼盘生意，成了小城最富有的人。他就是这幢别墅的主人。

他把老师单独约了出来。这次不是请教问题，而是找了个清净的地方坐下来喝酒。喝到差不多的时候，他突然问："老师，这些年您过得幸福吗？"她笑了笑，对他点头称是，只是她的心不知怎么了，疼得很厉害，像是一片片给揪了下来。和他相比，她差得很远，至少人生的一半经营失败，她的婚姻和爱情很早就破了产。她没有找到幸福。

他轻轻抱了她一下，她迎合他，也轻轻地抱了他。此时，距离他们的初遇已经过去了整整二十年。

他是个好人，十足的好男人。他完全成熟了，没有再给老师尴尬。轻轻一抱，就此打住。而此时此刻，在她的脑海中，他当年给她写的那首诗比以往任何时候都要清晰：我将你的心带在身上……

那一夜，她躺在他的别墅里，想：年轻时，当一切都把握不定的时候，本能的畏惧是一件好事。

精神家园

朋友带我去拜访一位长者,他刚从岗位上退下来。此前,他曾担任过一家精神病院的顾问,并长期从事精神病例的应用与研究,还获得过不少的奖项。

他把精神病院当成了自己的"精神家园",和病人一起生活,仿佛自己也是他们中的一员。他重视病人内心深处那些无以言说的隐秘,激励他们拿起画笔,画心中最想描绘的东西。一段时间下来,他发现这些画中每一幅都透出了神秘的"精神密码",有"梵高般的天赋。"

长者告诉我们,有一位哲人说过,天才和精神病之间几乎就是一线之隔。许多天才似乎都或多或少患有某种精神方面的疾病,正是因为他们在精神方面不同于常人,于是才创作出了常人无法创造出来的精神奇迹,比如梵高;比如,以"一半是天才,一半是疯子"著称的哲学家叔本华。也有许多天才被埋没在精神病院里,比如尼采,这个让世界战栗的天才,其生命中的最后十二年,也是在凄凉的疯人院里度过的。

长者说,人类文明越来越发达的今天,精神病人却是越来越多了。如今的精神病患者大都特别有才,有些人甚至是博士或者硕士,他们之所以患了这样那样的精神病,主要原因是他们无法融入这个社会。他们没有办法被这个社会所接纳。

长者回顾说,有一个学生物学的博士,他很有才华,但脾气不好,受不了冷遇。有一天,他和顶头上司碰巧在单位的食堂里吃饭,女服务员送他一碗汤,他刚开口喝,就被服务员一把夺了去,说,送错人了,这汤应该是先让领导喝的。由于速度过快,汤泼了一桌,弄脏了他的衣服。他一怒之下就把碗给摔了,还掀翻了饭桌。这人以前大脑曾受过刺激,所以不能受气,一受气就犯病。领导说,这家伙脑子犯病了，就让几个保安把他送到了精神病院。博士辩解说自己没病。医生说，到我们这里来的都说自己没病。博士急了说，不信可以出一些题给他做。医生就拿出一套解析几何题，博士居然没有过关！医生说，这下没什么可说的了。不由分说就把他带进了放电室，一阵电击之后，博士平静下来了，于是就被抬了进去。

长者说，有一次，病院里来了一个年轻的病人，他是被五花大绑绑来的，嘴里还塞着一块纱布，几个气势汹汹的汉子告诉医生说这人是个疯子，然后去掉他嘴里的纱布，小伙子蹦得老高，边喊边骂自己是冤枉的，根本就没有得精神病。护士说，这家伙已经进入了亢奋状态。于是把他带进放电室，通过电流刺激让他平静下来，再给他上药。长者说，这个年轻人确实是被冤枉的，他酷爱疯狂英语，一旦练起来就更加疯狂，到处都是他的声音，他的存在对周围的人来说简直是一片噪音，他们太憎恨他了，就把他给绑了，送到了这里。

长者又说，精神病院确实是一个很特殊的地方，在那里，人性中非理性被强化到病理客观的位置，而理性的东西却被权威所消解，被排斥到无足轻重的地步。在现实生活中，当非理性超出大众承受底线的时候，有一个地方将作出回应，那就是精神病院。

他停了一下说，有时，他实在看不出精神病院和那些道德宣教中心有什么不同，尽管他明白，它们有一个共同点：它们都是来规范社会的。于是，他精心地爱护和帮助着每一个被宣判为精神病人的人，避免给他们长期服用镇定剂。他说，那药物的副作用真大，时间长了会让人目光呆滞，本来没病的人也成了精神病。

他也不忍心看他们遭受电流的袭击，于是就与人联手设计了一种治疗精神病的头盔。他说，在这个头盔上安装一个小装置，就能刺激病人大脑的中枢神经，让他们不受任何痛苦就能得以治愈。长者笑了一下说，和他联合设计这种头盔的人正是那个脾气不好、掀翻饭桌的精神病患者——那个生物学博士。他还把那张专业图纸拿出来让我们看。

长者侃侃而谈，声音低沉而有力。

朋友和我默默地望着长者，觉得心里有一万句话要说，可此时却一个字也说不出来。

警 徽

德子的父亲送德子来到警官学校。父亲指着悬挂在校门上方巨大的警徽说：德子，看见这个警徽了吧，今后碰见什么想不通的问题时，就来看看它。

德子把父亲的话锁进了脑海。

在校三年，德子经常来看警徽，他觉得警徽发出的光芒折射进了他生命的每一个细胞里，伴他一天天成长、壮大。

德子以优异的成绩从警校毕业，又分配到了市公安局刑警科。

德子上班的第一天就碰见了这样一件事。那天下班回家时，他路过一个小胡同，他听见院子里传出一阵妇女的尖叫声，声音听起来很凄厉，德子觉得头皮一麻一麻的。他急忙冲进院子，又听见声音是从屋里传出来的，他又跑进屋里。原来屋里一个男人正把一个女人绑在床头上，用一只高跟鞋在敲她的头，女人鼻子里的血都给敲出来了，流了一下巴。男子依旧敲，还一边敲一边骂：你再给老子戴绿帽子，老子就敲死你。

这不是典型的家庭暴力吗？局里最近正组织人力打击和制止家庭暴力现象，没想到碰了个正着。德子激动得火气一下子就冒了上来，他一把提起男人的领口，朝胸口就是两拳。男人一下子蒙在一旁。德子把女人从捆绑中解了下来。德子想，女人一定会对他感激不尽，于是还朝她一笑。

"呸，我和我男人打架，关你屁事，你还冲到我们家打人了，看你这身服装，还是警察，警察还能随便打人，看我怎么告你。"

德子怔怔地呆在了那里，半天才想到离开。德子觉得脸上火辣辣的。

第二天，他果真被告了，背了一个"警告"。

又过了一些日子，德子被派到一个山区抓一个五十二岁的强奸犯。德子和搭档老雷折腾了半天才把那个"二进宫"的主儿抓到手。山路崎岖，到公路上还又有相当一段距离。嫌疑犯说他的腿疼得厉害，走不动路，要坐下来歇歇，还说再让他走就得他们俩背着他走。

"装你个球，你的腿不行，怎么干那种事就行，你这个畜生，我真想把你给废了。"德子觉得一股热血猛烈地冲击着他的头部，他气得全身颤抖，不由自主地飞起了一脚，这一脚正好飞到了犯人的裤裆。

"哎约——"一声，震得山谷嗡嗡作响。

嫌疑犯成了一团肉球在地上滚。

德子和搭档这下可真是吃不了兜着走了。他们俩乖乖地把那团肉球背了好几里山路，还到医院为肉球挂了急诊。

这一次，德子的处分很重，得了个"大过"。

年终考核评选工作开始了，德子在半年里捞得的两个硬件足足使德子获了个"不及格"的称号。

按公安局规定，不及格者要去学习班学习三个月。

德子感到很为难，他不知道如何面对父亲。父亲干了一辈子刑警，且德高望重，仅刑警研究方面的书籍就撰写了一大摞。他不想让父亲知道自己的景况，也不想挨他一顿狠批，于是，他便向父亲撒谎说，他接到了一个任务，准备出差三个月。父亲高兴地告诉他说：好啊，干刑警的，出差是家常便饭，那就去吧，一路多保重；又说他也要出差，恰好也是三个月，时间几乎差不多。

德子没太留意父亲的话。他告别了父亲，进了学习班。

德子把自己安排在距离讲台最近的那个位子上。

铃响了，开始上课了。

一位身穿警服、头戴警徽帽的老人迈着稳健的步伐走上讲台。

德子的嘴一下子张得老大。

他怎么也没想到给他上第一节课的老师竟然是他的父亲。

父子俩四目相对，一时愕然。

傻 子

他是一个背着黑色塑料袋在车站溜达的傻子。

听说他以前并不傻，只是因为在工地上干建筑的时候被一块飞来的砖头砸中了头，从此就傻了。

成了傻子的他从此什么都没落下，只落了个傻子的名字。

傻子整天四处飘荡，怀里抱着一个矿泉水瓶，冲着来往的行人傻傻地笑。傻子最爱冲女人笑，尤其见了漂亮女人，那笑几乎就凝结在脸上下不来了。傻子就给她们打着响亮的飞吻，叽里咕噜地说着难懂的话。傻子的行为会给他带来意想不到的收获：要么一个白眼、一句恶骂，甚至一记耳光；要么一块面包、一根香肠、一个美丽的回眸。不管是什么，傻子都高兴。傻子的世界里没有痛苦。

傻子除了擅长给女人笑以外，还擅长吓唬小偷。他是傻子，对小偷构不成多大的威胁，只能吓唬一下。这个汽车站里的汽车多数发往一些小城镇，乘客中多半以上是回乡探亲的民工。他们的随身物品只是一桶油、几斤肉、几包糖什么的，虽然不贵重，但也往往被小偷看中。傻子就躲在不起眼的角落里盯着那些多出一只手的人。他会在小偷猛不防的时候像猎狗一样扑上去，给他个出其不意的惊吓。这一吓唬有时相当管用。

傻子本来最善于在汽车里吓唬小偷的，可司机怕他多事，拒绝让他在车上逗留。那次，他就看见了车里的小偷，他不想下车，就给司机说好话，司机不理，他就用手戳司机的背，还从口袋里掏出一块葱油饼给司机吃，司机被惹恼了，扛起拖把把他撵下了车。傻子刚下去就看见车窗边坐的那个美丽女人，她正朝他笑，这时，女人的几根兰花指轻轻一挑，一片香蕉皮就"啪"的一声落在了他扬起的脸上。傻子刚揉了一下眼睛，那辆车已载着美丽女人和小偷离开了。他追出了车站，一路哇哇地叫。

车站的大门上贴着一张告示，好多人围在那里观看。告示上画着一个男子的电脑画像，男子是一个悬赏15万的杀人抢劫嫌疑犯，据说，那个人已经溜进了这个城里。傻子什么都没记住，但记住了那个人的模样。生活在人群中的傻子多年来练就了一套本领，他对好人坏人分得很清。

傻子第二天就从车站消失了。没有人知道他去了哪里。

消失了好几天的傻子在一个闷热的下午走进了车站的警亭。腰插警棍的门卫在门前走出走进，正视着过往的人群。他是来报案的，可他的话像一片噪音，谁也听不懂，也没人愿意费心思听他的话。一个门卫还用警棍把他往外赶。恰时，一个女警察走了过来，他不失时机地扑了过去，把女警察吓得一趔趄。傻子使出浑身解数让女警察明白他的话，眼珠子都憋得通红。

终于有人在意傻子了。傻子竟然坐进了警车。

那是傻子一生最得意、最辉煌的时刻。

就在那个闷热的下午，几个民警和傻子，在一个狗肉馆里抓住了那个悬赏15万的嫌疑犯。

从那天起，傻子就几乎没有在车站露过面。人来车往中少了一个一边冲着女人笑一边吓唬小偷的傻子。

傻子在一个夜里竟突然又出现在车站的警亭前。他的头刚一伸就被一只手抓了进去。值勤的是个小青年。他呵斥傻子说，如果再来车站里影响市容就把他囚禁了，还要把他电死。傻子不知道什么叫电死，还傻呵呵地冲着小青年笑。小青年就把亮晃晃的警棒伸向了傻子。警棒的滋味真不好受，傻子干叫了几声，却没有叫出眼泪。傻子连滚带爬地出了警亭。

从此，傻子脸上的笑就没有了。

以前，他一直喜欢两种人，一种是腰插警棍的警察，一种是脸蛋漂亮的女人。他们能给他安全感，给他美的感受，他总舍不得离开他们。现在他看出来了，这些人一点都不好，不仅抛弃他，还要囚禁他，把他电死。

他不得不离开他们。

傻子走了。傻子躺在一块白色的石头上永远地睡着了。

他听见了鸟儿的叫声，风和树叶的嬉戏。他看见了云彩流动的脚步。云彩好漂亮，比车站里那些女人的裙子好看得多……

几天后，人们在河堤岸边的树林里发现了傻子的尸体。

经法医推断：傻子死因不详。

四叔的羊

彬子在村子里转悠了好几天，可脑子里依旧空空荡荡的，找不到一点感觉。他的脚不由自主地迈进当村长的四叔家时，四叔正在院子里剁柴。

"四叔。剁柴呢？"

"噢，彬子回来了，还没毕业吧？""还没有呢，五一快放假了，学校让写份社会调查报告，所以就提前回来了。"

四叔顺便拉出一条凳子让彬子坐。

"四叔呀，有件事想问您呢。"彬子说。

"啥事？"

"听说咱们熊耳沟成了市上'布尔山羊'养殖先进村了，还受了奖励，上了电视，可我在村子里转了好几圈了，咋没见到有谁家养羊呢？"

"养个球的羊！去年春上来了瘟疫，全村的羊死得只剩下狗剩家的一只公羊了。还别说，我正在为此事愁着呢。明天上面又要来人检查了，我还得坐洋蜡。我还真怕有一天我的屁股让洋蜡给烧焦了呢。唉，对了，彬子呀，明天来帮叔个忙。"

"帮啥忙？"彬子问。

"到时候你就知道了。"四叔说。

第二天，彬子吃过早饭就来到四叔家。四叔家的院子里已经聚集了一大群闹闹喳喳的孩子，足有六十来个。每个孩子手里拿着一只无底的白色塑料编织袋。见到彬子，四叔就把一根细细的竹鞭和一顶草帽子递给他，说："去把这群羊娃子赶到坡上放去吧？"

"羊娃子？他们明明是孩子，怎么是羊娃子呢？"

彬子两眼睁得鼓圆。他以为四叔故意逗他玩的。见彬子不解，四叔就说："听着，彬子，再过一会儿，检查团的人就要来了。你和这群'羊'，噢，不，这群孩子眼睛尖些，要是看到公路上有小车开来，你就甩甩鞭子吆喝这帮孩子往山顶上爬，要尽量爬慢些，好让人家看清我们的羊数目还不少。别担心，这群孩子机灵着呢，学羊都学出水平了，一旦学起羊叫来，那才叫神呢！你只管赶着他们走就行了。"

彬子仍是摇头不解。

四叔推了彬子一把："去吧，去吧！"彬子就稀里糊涂地被这群手拿白色蛇皮袋子的孩子拥着上了山。

一到山腰上，彬子和孩子们的眼睛像鳖瞅蛋一样盯着公路的一方。见一直没有小车开来的迹象，彬子就和孩子们聊了起来。

"你们当羊当了多少次了？"

"四次了！"孩子们异口同声地说。

"每次当完后，村长都给你们什么报酬？"

"一个蒸馍，还有五毛钱。"

"那你们今天的课就不上了，不怕老师批评吗？"

"不怕，老师给我们放假了，老师说这是特别时期。"

彬子"噢"了一声。

这时，一个孩子喊："有动静了，看，公路上有小车过来了。只听"咻咻咻"一溜响，这群孩子利索地将蛇皮袋子举过头顶，从脑袋上一贯而下，套住了整个躯干，并立即两手撑地，学羊爬状。另一个孩子喊："快些，赶着我们走吧，村长说了，谁要是把羊当不好，就不给五毛钱。"彬子只得戴起草帽，摇起羊鞭，将这群羊孩子慢慢往山上赶。

大约过了半个时辰，一个孩子脱掉袋子去查看动静，一会儿后，他返回来说："好了，好了，车开走了，不用装了。"于是，又"唰"的一声，孩子们立即去掉了身上的袋子，一窝蜂似的冲下山，大概是急于去村长那儿领赏去了吧。

彬子满腹疑惑地回到了四叔家。四叔说："好悬乎呀，今天要不是我多长了个心眼，撬了一块大石头把桥头的路给挡住，他们说不准真去山上看羊了呢。有个大黑脸，他非要去山上看羊，可路让石头给挡了，他们中大多数人也不愿意走那段泥路，所以就刹住了，不然我可能就会像鸡冠村的杨满文一样挨洋锉了。"

"鸡冠村的杨满义怎么了？"彬子急切地问。

"鸡冠村是'改良牛'示范村，可全村的牛总共加起来才二十来头，为了应付省上检查，杨满文在村子里建了四个牛圈。每次检查完后，他就千方百计地留住人家喝酒、喝茶，以此来消磨点时间，好趁机派人把牛往另一个圈里牵。可谁知那些人中竟有一个是搞畜牧的，他咋看咋觉得这些牛有些面熟，于是，他就用烟头在一头最大的牛尾巴上烙了一下，那牛被烙得一跳，随之就留下了一个焦印。等到他们来到另一个牛圈时，那人立即就认出了被他烙过的牛。杨满文的'示范牛'露馅了，村长被撤了，还罚了款呢。哎呀，我今儿还算走运。"四叔说完嘿嘿地笑了一声。

"四叔啊，您老这么装着也不是长事，等哪天您要是跟杨满文一样露馅了怎么办？"彬子说。

"不是我要装，是上头让我们这样干的。他们说，闯过了这关，他们就能得到那笔项目款了，等拿了钱，他们再帮我们想办法。"四叔说。

听了四叔的话，彬子就替四叔难过了起来。

只一天时间，彬子就把脑子装得沉甸甸的。

夜幕降临时，彬子突然来了灵感，他铺开稿纸，正待奋笔疾书，这时，窗外山坡上孩子们的歌谣打断了他的思路：

月亮月亮光光，

把羊吆到梁上；

梁上没草，

把羊吆沟脑；

沟脑一树山核桃……

听着听着，彬子忽然心酸了起来。

我带局长看风景

　　我走进局长办公室时，看到他桌子上仅仅放着三样东西：一只茶杯、一包烟和他自己的一双脚。他正背靠坐椅，眯着眼睛看墙上的一首诗。

　　看啊

　　那些城镇和它们的产物

　　看啊

　　那如网密布的

　　是一片肥沃土壤的棺材

　　是一片未来稻谷的亡灵

　　"局长是个大诗人！"我说，算是给局长打招呼。我知道局长是个诗人，他在报上发过诗，还出了一本诗集呢。局长没有看我。我又说了句："局长的诗写得真好！"

　　"嘿嘿！别拍马屁拍到马蹄子上哟，这不是我写的！"局长说。"哦，那是谁写的？"我问。"管他谁写的？难道你吃鸡蛋还要问是哪个母鸡下的吗？"局长有点不高兴。

　　我没敢吱声，许久，又说："原来局长是个大文化人！"

　　局长抬起头，问："我让你推广的'巴单三号'玉米良种怎样？"我连忙说："您推荐的'巴单三号'比我们那种'白单交'更优质。去年凡种上这种玉米的农民都卖了好价钱。""那你就没有树立几个典型什么的？"局长问。我说："没有，其实他们都是典型。""屁话！都是典型算什么典型？"局长训道。我说：

"不是这样的，局长，玉米这种植物呀，它有异花受粉之功能。您知道吗，风把成熟玉米上的花粉吹走，带到其他田地，如果有一个人种植劣质玉米，异花授粉就会大大降低其他人的玉米质量。所以，要种出好的玉米，就必须让周围的人都种植优质玉米啊！因此，他们都种植了您的'巴单三号'，凡种植'巴单三号'的农民也都有了好收成，基本上都成了典型！""哎哟，没看出来哟！你小子的嘴皮子还真能动两下啊！"局长和蔼了一些。我说："这些是在大学里学过的理论，我只不过把它运用到实践中来了"。

局长从桌子上取下他的两只脚，"嗵"地一声立到地上，看着我，说："你小子的脑袋瓜还不笨，看来，这个局长的位子你得坐上一会儿。"局长一下子把我按到他坐过的椅子上。椅子热热的，有他身体的温度。我吓了一跳。记得几年前在南方，有一次不小心坐了一个台湾老板的椅子，老板很不高兴，随即就让人把椅子抬走了，又换了一个新的。台湾同胞的屁股咋就那么珍贵呢！我尴尬了很长时间。从此，我就再也不敢坐别人的椅子了，尤其是有身份的人的椅子，碰都不敢碰一下。此时，我觉得自己的脸都烫了起来。我赶快从椅子上往出挣脱，可每挣一次，局长就用手按一次。后来我不再反抗了，虽然有点如坐针毡的感觉，但还是坚持了下去。

局长和我说了好多话。局长和我一样，也暗自心疼被开发商占去的土地，他墙壁上的这首诗正表达了他的心境。我说："局长，您不愧为人们的公仆，像您这种忧国忧民的领导现在实在是不多见了。"局长把我从椅子上拽了出来，自己又坐了回去，说："千穿万穿，马屁不穿，你有好话就尽管往出倒，我耸着耳朵听哩！"

我咧着嘴巴给局长笑，心里暖融融的。我凑近局长说："如果您不介意，我想带您去看风景。""风景？去看风景？什么风景？"局长问。我说："是啊，局长，您一定得去啊，我们盼您已经很久了，那里的风景真是不错，不去可就亏了。"

局长心动了。他说让我前面带路，他自己开车来。

一洼洼玉米地绿幽幽的，像青纱帐，夹杂着红的果实，许多人开着车到这里来摘果子。宁静的田间很热闹。

我说："风景不错吧，局长？"局长没理睬我，但笑了一下。我又指着右边的一片玉米田说："这块'青纱帐'我们承包了，明年搞良种基地，我们准备开发甜、糯、彩三大系列近三十个品种，我们特邀请您做我们的高级顾问，您该不会拒绝吧，局长？"

"好了，好了，什么高级低级的，顾问个溜！你不就那点意思，想要银子吗？要多少，先报个数来，不过，你小子可别蛇屁股没深浅哪！"

我连忙点头："那是，那是！"

局长说完就坐进车里，又伸出头，说："你们放开手脚折腾吧！"

局长走了。我冲着局长车尾亮着的红灯高叫了一声："局长再见！"

我要当教授

　　他从小就爱学习，各门功课成绩非常优异。他的个子老不见长，仿佛吃下去的营养全部被吸收去长了智力。

　　小学刚上了四年，他就跳了两级上了初中；初中只上了一年半就上了高中；高中还没读完，他就越级上了大学，这样一路过关斩将地读完了大学。

　　大学毕业后，他被学校破格留用。尽管他的年龄还依然是个不成熟的娃娃，但往讲台上一站，他就成了同龄人的老师。

　　做了教师后不久，他就发现在这所高等学府里，自己所处的位置仅仅位于整个等级阶梯的最底层。助教、讲师、副教授、教授……一路排上去，真有泰山压顶之势。不行，他要冲上这座高山，而且要以尽快的速度冲上去，直到登上顶端为止。

　　于是，他启动了他身上潜藏着的巨大的语言天赋。他轻轻随手一推，就轻而易举地进入了语言学的大门。

　　只要会考试，在大学里捞学历、换职称倒不是件难事。况且，他从小就精通考试之道，加上满脑子的书本知识，只要稍加努力，把它们从记忆中转化到笔尖上，变成 A、B、C、D 的标准答案，他就会一如既往地扶摇直上，直到做了大教授，成为让人们崇拜和羡慕的偶像！

　　于是，他开始拼命地压缩时间。他的日历上不存在任何双休日。他偶尔会回乡里看望老母亲，长途公共汽车颠簸得厉害，这倒是睡觉的好机会。所以他得把这段时间挤出来。他提前几个晚上就开始不睡觉，以便把瞌睡带到汽车上去睡，这样他就可以一举两得地节省时间。他太需要时间了！他要更上一层楼，他要考学位，他需要职称和职称所能带给他的实惠和荣誉。

他报考了一位他最崇敬的教授的硕士生，并顺利地通过了考试。

第一次见面时，教授惊奇地发现他已经掌握了该科硕士生掌握的全部课程。教授忍痛割爱地把他推荐给了一位很有权威的语言学专家；可是这位语言学专家又一次发现了他的知识已经超出了他对学生知识掌握程度的想象。他竟然把《英华大辞典》背得滚瓜烂熟了。这位语言学家再一次把他推荐给一位国际学术泰斗级大师。

大师愉快地接受了他。不过，这次他遇见了对手。因为大师掌握了十几种语言。他上课随心所欲，想用哪种语言就用哪种语言。他第一次感到了大师的伟岸，感到了自己的渺小。不！他不能渺小下去。他要让大师对他刮目相看。

他向大师请教语言的学习技巧。大师说：我是把三种以上的语言同时拿来，通过比较法，掌握其规则，然后一起来学的。所以，我往往可以用你们掌握一门语言的时间来同时掌握三种以上的语言。

大师的话让他佩服得五体投地。他也想拥有大师的这种掌握语言的绝妙技巧。

从此，他再次加快生活节奏。他取消了一日三餐的坏习惯。改成一日两餐，或者一日一餐。他怕自己睡过头，所以就干脆不进卧室的门；他甚至把早餐带进浴室里吃……

他的勤奋终于得到了回报。

大师非常欣赏这位不可多得的语言奇才，提前授予了他硕士学位，还发给他一笔丰厚的奖学金。

他没有时间看母亲，也没有时间和妻子缠绵。不过妻子是个明白人，她也不忍心让他缠绵。还有，媳妇是母亲找的，和母亲住在一起让他很放心。

他有更多的知识要学，他还要拿下大师的博士学位呢。他在匆忙的节奏中盘算着未来的希望，透支着平凡的日子。

可这次，他的身子骨没有让他称心如意。不久就患了病，而且一病不起。

他以顽强的毅力在病床上完成了十万字的博士论文，还把大师唤到他的病房里听他的论文答辩。

大师是在他的病床上把那个黑色的博士帽戴在他的头上的。一个小时后，他悄悄地离开人世。

人们这才回头看他身后的生活。原来，他家里有一个年过七旬的老母亲，一个没有工作的妻子和一个不到三周岁的男孩。

孩子看上去很聪明，伶牙俐齿的，当人们问他长大后要干什么时，他果断地答道：我要当教授！

眼　疾

好几天了，阿江心境一直不好。他不想上班，就向头儿请假说他患了眼病，他一个人在家里生闷气。恰时，一个哥们儿邀请他去喝酒，他茫然了很久的眼睛里立即闪出了一丝亮光。

阿江有个习惯，三杯酒下肚，什么捏头的烫脚的，他都会去试个遍。那晚，他就和朋友把这些地方全部光顾了一番。他喜欢自己的身体在心境不佳的状态下被那些酥软的手侍弄，那种感觉真是妙不可言。不过那一夜，任凭那些红衣女子绿衣女子在面前晃来晃去，都没有撩起他的激情，他的思绪很烦乱，他必须借着酒力来重点骂一个女人，一个无德无才的女人，却不露声色地把他努力了多年的副主任职务抢了去。

阿江就骂起那个女人。他骂了她几个时辰，算是解了恨。他出足了气，很晚才进家门。妻子正好出差在外，他就把自己横在床上睡觉。第二天一早，他感觉右眼有些胀痛，视物不清，眼球转动都有困难。真见鬼了！本来是假装害了眼病的，咋就装成真的了呢！不过，患上眼病了也不要紧，领导早知道，去医院看眼科也是名正言顺的事。他就去医院看眼睛。

值班医生是个女人，和他昨晚骂过的那个女人长得很相近，水桶腰、粗嗓门、红头发，他一见这样的女人，心情就不顺，他不想看她，她也没有看他，连眼皮都没给他翻，只是透着他鼻梁上的眼镜瞄了一眼，说：急性角膜炎！她给他开了一大包药。

他把药带回家吃了两天，可一点好转的迹象也没有，眼球像是让什么东西捆住了，睁也睁不开。他想那个女医生也是一个无德无才的草包，不如去看中医。楼下不远处就有家中医眼科诊所，据说坐诊的是位有多年临床经验的老中医。这是个不错的选择，诊所正好离家不远。他的眼睛不允许他多走动。

老中医非常重视整体观念，他认为，眼睛虽为一局部器官，但与腑脏经络是一个不可分割的整体。眼之所以能辨色视物，完全依赖于腑脏精血的供养。他说他的眼病与他的肝脏有一定关系，并一眼断定他最近一定是生了暗气。老中医判断如此准确，让他吃了一惊。他心里暗暗地佩服起这位老中医来。他连忙说：您的眼力真是不错，我最近确实一直在生暗气！老中医说：肝气通于目，气有余便生火，肝火上升而引起肝功能失调，所以引发了眼病。他给他开了疏肝明目的中药，足足三大包。

阿江刚把中药提进家门，就感到肝火真是窜了上来。他不会熬中药，他在家里一贯奉行的是"君子远庖厨"政策，厨房的那一套他可一点都不熟悉。

他的右眼已经彻底睁不开了。他赶快向朋友求助。朋友说：你的运气不错，正好从省城里来了位著名的眼科教授，这个教授从事眼科教学、科研工作已经四十年了。不过他不亲自坐诊，只负责热线咨询。朋友给了他教授的热线电话。

由于担心挤不进热线，他干脆提前打通电话排队等候那位教授。他等到了下午三点，教授的热线终于开通。但热线开通不到两分钟，电话就已被全部占满。他等了好几个小时终于等来了那位廖教授的声音。他的"喂"还没出来，对方则说由于时间关系，廖教授今天的热线解答就到这里……

他一向脾气不好，这下真是糟透了，他一怒之下摔了电话。

你咋了！你咋了！啥事让你凶成这样？妻子就在这时跨进了家门。他连忙向妻子汇报这几天以来眼睛给他带来的遭遇。妻子冷冷地说：不就是眼睛出了点问题吗？用得着这么大动肝火吗？真是的！来，给我看看，有什么大不了的！妻子熟练地摘掉他鼻梁上的眼镜，轻轻地翻开他的右眼皮，有情况！妻子眼睛一亮。她用小拇指在他的眼眶周围晃动了几下，又那么快速地一粘，一根细细长长的发丝顿时被她的小拇指勾了出来。

那根细细长长的发丝像一条蛇，把阿江的右眼球密密地缠了三匝。

哎呀，老公，你可真厉害呀，我才走了三天，你就长出这么长的头发来？而且还是红色的耶！妻子在他的小平头上狠狠地搓了一把。

阿江的眼睛顿时轻松了一大截。他睁眼看妻子，妻子的眼睛像两只巨大的灯泡，正一动不动地审视着那根从他眼睛里拉出来的发丝。

由　来

　　很久了，我不知道是不是已经习惯了这样的生活。每个黄昏，我都会穿过窗外的那片沙滩，来到那条小河汇作的一泓如镜的水潭，看那位长者静静地垂钓。只要朝着他微笑一下，我顿觉所有的烦恼都会一点点散去。

　　最近跟自己有关的事没有一件能处理得好的。我的心情很低落。周三的政治学习会上，领导摇着冬瓜一样的脑袋，瞪着眼睛，向我们拉警钟，说：回顾一下你们最近的工作成绩吧，简直是个屁。这是他一贯的口头禅，所有的人都已经习惯了，只有我一个人不习惯听这样的话。

　　我不想理睬那些不想理的人和事。心里却有这么一个小小的角落，抱着一丝美好的感觉去看那位老者垂钓。

　　夕阳下的潭水波光粼粼，垂柳飘曳，美得像我窗前挂着的那幅水彩画。

　　潭边有时会有两三个陌生人相伴其间，甚或有些孩童相嬉，让冷冷清清的气氛有些热闹起来。然而，多数的日子里，那里总是寂然无声，唯有老者风雨不动，四季无缺，晨来暮归，扎定营盘似的垂钓。

　　他如同入定的禅师，耳不旁听，目不四顾，身似泥塑，一双深如枯井的眸子钉子一般盯着潭中昂立上浮的鱼漂。

　　多少次，我在他身边绕来绕去，试图接近他，和他攀谈上几句。或者等待一条鱼儿上钩，感叹几声聊表敬意。可这样的机会一直没有等到。久而久之，我发现老者的渔漂和老者一样皆岿然不动；偷偷地凝神注目，老者似乎对周围的一切熟视无睹，对我的存在更是浑然不觉。我觉得有种多余的感觉，于是轻轻转身，把那一份幽静还给老者。

夕阳中老者的背影如一笔朦胧的写意人物，渐渐地融入了我窗前挂着的那幅画的画面中。

这天，一个文友来我的书房闲聊，看见我窗前悬挂着的那幅画，眼睛为之一亮："多好的一幅姜太公钓鱼图啊！"我推窗遥指潭边的那位老者："看，一个世外老人，一幅让人心神俱醉的太公图！"

文友问："你不认识那位老人吧？"我答："我刚调来不久，还不熟悉这里的人和事。"文友说："他曾经做过市长，是个很敬业的人，颇有政绩哩。可有一次小儿子的出言不逊，就使他突然血脉上冲，头一偏就成了这个样子！""哟，还真有趣，快讲来听听！"我催促文友。

我和文友不自觉地打开房门向潭边走去。

"老者的小儿子名叫小伟，以前很不成器，老者就把他弄到某局里做局长的小文秘。他的工作简单哩，仅仅只限于端茶倒水，擦洗茶具，收拾会议上的桌椅。他一干就是三年，渐渐摸清了领导的脾气。那天早上，领导作年终总结，讲得口干舌燥时，瞥着眼睛看小伟。小伟立即提起热水瓶给领导添水，可这时，一个意想不到的事情发生了。局长侧了侧身子，不料身体里却发出了一声浑圆饱满的巨响，像一声闷雷，把寂静的会场炸得沸腾了起来。哄笑声像海浪一样一层层卷来，一时让小伟手足无措，小伟头上的汗就'唰'地冒了出来。原来小伟有个毛病，一急就憋尿，而且刻不容缓。于是，小伟涨红着脸，捂着肚子，一溜烟跑向厕所。一向严肃惯了的领导用手弹了弹麦克风，说：'笑，笑什么笑，小伟向来消化不好，这个我是知道的，你们有啥大惊小怪的，我就不相信你们就没有这一下。'会场上又掀起了一阵笑声。小伟是在笑声停止后好长一会才走进来的。他听见了领导洪亮的声音：'小伟工作干得很不错嘛，这些年来，他一直在默默上进，是个难得的人才……'

那年年终，小伟不仅评了个先进，还得了 2000 元的奖励呢！"文友哈哈一笑说。

"可这与他父亲有什么关系呢？"我急切地问。

文友又说："半年后，小伟就提升了。做了个办公室的主任，官位还不小吧？可是他却不该在他父亲 60 岁生日的宴会上贪了杯，喝过了头，当着他父亲手下大大小小领导们的面，大笑说：'以我看哪，我们的领导都是屁。来，兄弟们干！'然后，转向兴高采烈的父亲问：'父亲，我的主任之位是靠一个屁赢得的，您的市长是靠什么赢得的？大概也是一个屁吧？'他父亲本来血压不稳，让儿子一口气憋得倒了下去。后经医院全方位抢救，才活了下来，于是就成了这个样子了。听说老人最大的爱好就是垂钓。小儿子为了将功补过，所以就天天送父亲来潭边垂钓。"

我的心在文友的一番话里像西边的夕阳一样渐渐地沉了下来。

我们已经不知不觉地来到了老人的身边。

一阵晚风悠悠地吹了过来。风没有改变老人的任何姿态，却吹歪了他头上的那顶草帽。

我刚为老人扶正帽子，一辆小车悄然而至。

"小伟来了！"文友说。

一个大冬瓜一样的头从车窗里探了出来。

啊！小伟！他怎么叫小伟呀！他分明叫张大猛嘛！他是我的领导呀！

我顿觉头上的汗"唰"地一下冒了出来，有一种强烈的内急的感觉。

竹 心

    大学毕业那年，我忽然心血来潮就和竹心一起报名参加了赴西北贫困山区支教的志愿团。就在我们即将赴任的前一天晚上，竹心却接到了母亲病重的长途电话。我是第一次知道竹心的寡母多年来一直患有半身不遂，常年靠舅父照顾日常生活的情形的。其实平日在校园里我们时常擦肩而过，彼此打招呼的次数却很少。这次只是因为共同的热情我们才要走到一起，所以便开始留意起了竹心。我发现竹心是一个不苟言笑的人，她说话的声音很轻，白皙而冷静的面庞上架着一副眼镜，镜片后面的眼睛有股深邃的光芒透出。竹心支援山区教育事业的序幕还没有拉开就要划上一个休止符，我不禁替她惋惜起来。

    我背起行囊独自踏上了征程。

    长途汽车在宽阔的马路上呼啸了几个小时以后，便开始在崎岖的山路上艰难地盘桓起来，它颠簸着，摇晃着，喘着粗气，像一个患哮喘病的老人。一路上完全看不见我想象中的山水田园和参天大树；甚至看不到野草野花和牛羊的影迹。我只看见光秃秃的、馒头一样的黄土包一个挨着一个，身后卷起大团大团的黄色尘雾。天是黄的，地是黄的，甚至每个人的脸也变成了土黄色。我感觉要晕车了，并很快昏天黑地地发作起来。我发现我的邻坐们纷纷逃离而去。

    接近黄昏时，颠簸的车辆终于停了下来。我将要发光发热的地方——东卧牛乡——到了。我下车和前来迎接我的乡长同志握手寒暄。乡长扛着我的行李带我走了很长的一段路，还向我介绍了学校里的一些情况。他说：学校三个年级，总共有九十来个学生，可教师只有三个，且都是当地人，水平不怎么高，凑合着能把学生管住就行。乡长还说教育组下达所开设的科目都开不开，还说像我这么高水平的人应该尽量多代几门课。乡长指着前面说："看，那就是学校。"

学校不大，也很旧，倒是被打扫过了。夜幕降临了，学生都打出了自制的红灯笼来欢迎我，灯笼在黄土包上忽明忽暗，像空旷的天空上寂寞的星星。

一个上了年纪的男人把我领进一间很小的土屋说："这是你住的地方，我串了好几家才搜集到了一点白面，给你蒸了这篮子馒头，够你吃一个星期了。"他又指着蹲在墙角的一口大瓮说："我还让娃娃们给你攒了些水，这里吃水不方便，要走好几里地才有水井呢，你就省着点用。你早点歇，明天还要上课呢。"说完后两个人都走了。

我回过头来为自己铺床，两只摇晃的凳子上架着四块歪歪斜斜的木板，一坐上去就发出刺耳的嘎吱声。仿佛要拒我于千里之外。一颗滚烫的心顿时像掉进了一盆冰凉的水中，两滴眼泪禁不住地滑到腮边。我正琢磨着怎么来铺这个床时，门外响起了敲门声。"老师，是我。"我开了门，一个小女孩走了进来，手里提着一个小木盆。她说："我叫刘妞妞，王主任让我给您送个木盆，让您晚上起夜时用。"我问王主任是谁，刘妞妞说就是刚才给您送馒头的那个人，他是乡教育组的领导。刘妞妞还说："王主任说，前几个从省城来的大学生老师都是被饿跑的，他怕您也被饿跑了，所以就找来白面给您蒸了馒头。"刘妞妞看着我问："老师，有了这篮馒头，您不会被饿跑吧？"刘妞妞临走时再三叮咛我："老师，黑天起夜千万不能出门，外面害怕怕。"我的眼泪又一次掉了下来。我翻看那篮子白馒头，这是怎样的一篮馒头啊，又黄又硬，和这里的黄土包不差两样。如豆的灯光下，我作出了果断的决定：赶快离开，这里简直不是人呆的地方。

第二天，天刚麻麻亮，我就收拾回城，我用学生为我准备的昏黄的瓮水洗了把脸，就匆匆地出发了。我急忙赶到车站，我发现乡长和那个王主任早已来到车站了。乡长看了我一眼，干巴巴地说："我知道你会走的。"我似乎是拿鼻子笑了一下后，就头也没回地登上了开往省城的长途客车。

我又回到了校园。通过半年的努力，考取了我一直崇拜的尤教授的研究生。三年后又以优异的成绩毕业并留校任教。

在匆匆流逝的时光中，我忙于学习，忙于工作，忙于职称，忙于爱情，忙于房子，忙于孩子。像一条穿梭于城市海洋中的鱼。

又一个新学期开始了。我接了一个新生班级的课。这天，我庄严地走上讲台。我兴致勃勃地作了自我介绍，然后再让学生作，我要熟悉这些来自天南地北的学生。轮到最后一排的最后一位女学生了。她笑吟吟地站起来说："白老师，事实上，我们在六年前就已相识了。您还给我当过一夜老师呢！我叫刘妞妞，来自甘肃阴山县的东卧牛乡。我们家乡的变化可大了。现在已经通了电，接了自来水，还办了一个希望中学……"

我的脑子有些混乱，脱口问了句："你的老师是谁?"

"竹心，她说她认识您。她现在是我们那个中学的校长。"

"竹心！"我无意识地重复了一句。我觉得有一团火开始从我的耳根燃烧，一直燃烧到面部，又燃烧到了每一根发梢上。

折　翼

雕塑室的门朝北，窗户上有一块玻璃破了，屋子里有冷风吹过，但光线还算充足，阿月的脸在背影的光里透着灵气。

那些日子里，阿月几乎每天都站立在高高的雕塑台上给雕塑家做人体模特。着衣的、裸体的，无论雕塑家怎么要求，她就怎么做着。她那样的喜欢他，无条件地崇拜他，从她见到雕塑家的那一刻起。

阿月是雕塑家意外发现的一位年轻美丽的女教师。在为母校制作一件女教师塑像时，雕塑家惊喜地发现了正匆匆赶往学校的阿月。他被阿月的形象所吸引，就呆呆地站在校门外等了她一下午。在雕塑家眼里，女教师的形象不该是裹着一身制服、灰头灰脑的中年女人，而应该是轻盈得如同鸽子一样的阿月。而阿月呢，在见到雕塑家的第一眼里就似乎对他产生了一种割舍不掉的情怀，她喜欢他有些邋遢、不修边幅的样子，喜欢他由内而外散发出来的艺术气息，以及他流露出来的对艺术执著的眼神。他们相互吸引的目光在这一秒钟相遇。他请求阿月做他的人体模特，阿月欣然应允。

那个下午，他领阿月走进他的工作间。他把阿月捧上高高的雕塑台，说："望着天空，想象着你在托起一颗太阳，或者放飞一群白鸽，或者托着一个希望。"

犹如一个悟性极高的演员，阿月很快进入角色。他满意而欣慰。

终于找到我的自由女神了，他喃喃自语。他用泥糊糊的手捏她的臂、她的脸、她的胸，连她光洁的额头上也沾满了他手上的泥土。阿月幸福地微笑着。她微微转动的臀部，修长的体形展示出了女性的全部魅力：轻盈、典雅、娴静。雕塑家的手臂仿佛浸入了一片氤氲里，娴熟而有力。几天下来，一个活生生的女教师阿月的泥模塑像矗立在他们面前，阿月几乎不敢相信自己的身体竟然在不经意间溶入了艺术的生命里，她羞涩地低下了她美得像小白鸽一样的头。那天晚上，她不顾一切地走向他，把她美丽的脸埋进雕塑家的脖子里，他将她揽进怀里，吻她脸上的每一个轮廓。

那是阿月生命中最快乐浪漫的日子。雕塑家几乎每天都会抽出时间陪她在校园里散步。他们随意地绕着草坪，绕过水草茂密的湖边，他给她讲好听的故事，她咯咯地笑，欢快得像只鸽子。在一个烟雨蒙蒙的夜晚，雕塑家和阿月怀着万分欣赏与崇敬的心情把彼此献给了对方，他们开心而快乐，简直像一对前世的红颜知己。

就在雕塑落成的那个晚上，他向她许下了一个重重的承诺。他要让她等他一段日子，他要娶她。他无心的承诺让痴情的阿月在思念与苦苦的等待中煎熬着。其实聪明的阿月完全能看出他们的距离是那么的遥远，尽管激情的浪花依然喷射着美丽，可欲望却退潮了，他得回归现实。痴情的阿月不明白艺人的嘴巴永远不牢靠，直到她看见他。

透过工作间的玻璃窗，她看见他又在给另外一个女子塑像。屋子里打着侧光，年轻女子身着薄如蝉翼的婚纱，体态丰满而窈窕。他的手一点也不老实，他用泥手捏她的下巴、她的细腰……

她把目光抽回，连同自己的双脚。她悄悄地消失在傍晚的暮色里。原来自己的出现在他的生命里如同下了一场小雨一样！

再次来到他的工作室时，他正在给一匹马塑像。屋子里黑黑的，有一种阴冷。在两个小时里，他们总共说了不到十句话，都是一些无关痛痒的话，他心不在焉，一句话重复了好几遍：你要好好照顾自己……她没有答应，于是就是沉默。那时候她多么希望他能走近她，希望他过来抱她一下，像从前那样，哪怕说几句荧屏上的台词哄哄她也好，可是他没有，一动不动地看着他的雕塑。他顾不得跟她说话。

她说要走了，去给孩子们上课。他起身送她。她说不用送了，可他还是走出了房门，目送她上了天桥。那时是上班高峰，天桥上的车辆很多，骑摩托车的男人拼命地按着刺耳的喇叭。阳光也是刺眼的,让他看不清消失在人群中的阿月。他用目光竭力寻找,却看见一只鸽子飞了起来,"哗"的一声,从天桥上轻盈地落下,一辆魔鬼驾驶的摩托车把阿月撞下了天桥。

世界上所有的喧闹全都静止了下来。一道天桥像遥远的天河隔断了他和阿月之间的全部距离。他觉得自己的脚下轻得像一片云,他随着阿月一起飞到了天上。他看见阿月在云朵后面和许多天使在一起。

他扑向人群中那只折了羽翼的鸽子。他捡起她,像捧一件宝贝似的把她捧在手里看她。

这到底怎么了啊,阿月,是我做得不够好,还是你迷恋于飞翔?他的泪水落了阿月一脸。

鸽子迷恋于飞翔,飞是她的本能,也是她生存的全部意义。他的小鸽子飞了,他关也关不住。他说,这个现实世界太喧嚣了,不适合清逸娴雅的阿月。阿月的灵魂是该变成小白鸽,飞到天堂上去的。

一年后的一天,雕塑家拿起雕刻刀,在阿月洁白的大理石墓碑上精心地雕出了九十九只团飞的小白鸽。

雪绒花

　　一段痛苦煎熬的日子之后，乔妈妈在大学校园里办了一所名为"雪绒花"的心理咨询中心。

　　雪绒花为"雪融化"的谐音，意为：再困难的心理"积雪"，也能在这里得以消融。咨询中心刚刚落成，就吸引了不少的志愿者。志愿者中多半是学生，他们被称为 Edelweiss Volunteers（"雪绒花"志愿者）。

　　服务中心设在一座漂亮的小楼里，室外长着两排杉树，室内是绿色的墙壁，粉色的窗帘，墙壁上贴着她从全国各地拍下来的风景画。还有细细流淌着的音乐，全属于自然之声：风声、水声、虫鸣、鸟叫……

　　"雪绒花"开业的当天早上，一个大女孩带着一个小女孩找上了乔妈妈。大女孩紧紧地拉着小女孩的手。大女孩说她读大三，小女孩读大一。她们俩是老乡。

　　大女孩说小女孩最近行为古怪。昨天晚上，她满校园找她，都没找见，最后在高层教学楼的楼顶上找到了。大女孩把她拽了下来，带回自己的宿舍睡觉。半夜，当她醒来时，发现身边的小女孩不见了，她急坏了，立刻从床上爬起来，却发现小女孩正在阳台上哭。大女孩说话时也一直没有松开小女孩的手。大女孩说，她害怕一松手，小女孩又消失了。

　　可说话间一不留神，小女孩果真就挣开了大女孩的手。她跑得飞快，像一个被风吹去的影子，瞬间就不见了。

　　小女孩一直患有忧郁症，曾经两次自杀未遂。这是大女孩告诉乔妈妈的。乔

187

妈妈心底深处的那块伤疤被揭开了，悠地一下让她从头疼到脚心。

自己的女儿和这个小女孩怎么这样相似？女儿从小就得了忧郁症。到了大学，由于远离家门难以适应环境，抑郁症又犯了。女儿很害怕，害怕周围人知道自己的病症，又不敢和别人说。女儿情绪一落千丈，她偷偷告诉妈妈，妈妈就给她寄来药物，告诉她，每次吃药时，为了不让别人看见自己在吃抑郁症的药物，就把药倒进另外一个贴有妇科病标签的小瓶子里。女生喝妇科药物很正常。这样，周围的人就不会知道她患了忧郁症，毕竟，那种病并不光彩。

然而，有一天，正当她把药装到妇科病药物瓶子的时候，她接了一个电话，然后出门去了。晚上回来时，同寝室的女生用异样的腔调问她：这是你的药瓶吧，好像还是治疗抑郁症的嘛？她的心一下子沉了下去。她假装说：不知道！第二天，同寝室打扫卫生的同学又问她那个瓶子，她当时非常气愤。虽然还是装作不知道，但还是抓起那个瓶子狠狠地扔出了窗外。马上，她又觉得自己的行为过了火，既然已经说过不知道这个瓶子，现在又将它扔了出去，这不是此地无银三百两吗？她越想越害怕，越想越着急。当天的课也没有去上，后来，干脆连自己也随着那只瓶子一起飞出了窗外，草草结束了自己的生命。

乔妈妈不知道该有多么后悔，她怨恨自己当时太糊涂了，给女儿出了这么一个馊主意，导致了这样的结局。于是，她开始学习心理学，她要帮助许多和自己女儿一样的孩子。

小女孩的出现与失踪，对乔妈妈是一次不小的考验。而小女孩的手机居然处于开机状态，她知道小女孩肯定不接电话，于是就给她发短信，问她一些小问题，终于，在二十个小时、八十多条短信后，小女孩终于回信了。她问乔妈妈："人死在水里，会不会膨胀啊？"乔妈妈马上回复："肯定会的，而且会膨胀得非常难看，你的家人只能通过 DNA 鉴定才能确定你的身份，你的母亲和弟弟都会非常难过。"她避免提及女孩的父亲，因为她知道小女孩和父亲一直不和，就这样，她了解了女孩许多次自杀的想法，她问："你什么都不怕，还怕生活吗？"

黄昏时分，女孩出现在"雪绒花"门口。她用细小的声音说："我饿了……"

看到的和看不到的

有时候，一个人死后的哀荣能让活着的人顿生羡慕之情。亲临送葬场面的一刹那，耳听唢呐炮仗之声，目睹黑白世界里色彩纷呈的花圈潮流，观者的心也愿意随死者的一缕幽魂飘然而去。尤其对活得不容易的乡里人，这种感觉有时就尤其强烈了。

女人死了。在乡下人看来，男人把她的丧礼都演绎成"国丧"的级别了。男人请来了摄影师、摄像师、化妆师；布置了豪华的灵堂，还邀请到了县剧团的乐器班子来为死者吹奏各种时兴的歌曲；沟里沟外，前来奔丧的人络绎不绝。男人还买了整整一拖拉机的鞭炮。劈劈啪啪的鞭炮声似乎可以驱散男人心里的愧疚和对往日回忆的阴影。

灵堂上，当男人望着死者紧闭的一双眼睛和任凭化妆师怎么努力都画不出生气的那张脸时，他的眼睛幽幽地空洞起来。

女人的六个女儿木鸡般地呆在一旁，无人流泪。她们知道母亲的苦日子只能以这种方式熬出头吧，她现在去了一个永久性休息的地方了。母亲总是忙碌着，还从来没这样休息过。

女人一生都没有照过相。她生前曾经很向往能照上一回。她和自己的男人是同年出生，这年双双迈进四十九个年头。四十九是人生的一个坎儿，好多人在这个坎儿上都会遇到七灾八难。女人在这一年到来之际就心有余悸。她悄悄地告诉丈夫：我们都结婚快三十年了，哪天去城里照张相留个念想。丈夫的眼睛睁得溜圆：照个球的相，不吃饭不行，不照相还不行了。咱这么多年没照过相不也照样活过来了。女人就不再言语了。她一辈子都在丈夫的手心里过活。丈夫的话她不能不听。

男人虽然个子小，力气薄，但却是村里的"十二能"。倒不是说他有十二种能力，而是说他懂得一些别人不懂的小手艺。编竹筐、塑泥人、扎龙灯、蒸花馍，样样都能摸出个道来。

女人有个"黑洋马"的外号。她牛高马大，全身都是力气。屋里屋外，出力流汗的活儿永远都是自己的。不会针线活儿，饭也做得不咸不淡。她知道自己低人一等，因为她只有"力气"，没有"技巧"，总觉得愧对丈夫，尽管每天晚上她都会撑起黑土地般的身躯供丈夫在上面耕耘，可结出的果实却令他们失望。这接连生下了六个玩意儿，咋就没有一个能为他们传宗接代呢。"为什么我播下的是龙种，而收获的却是跳蚤？"在她每次艰难地为他生出一个孩子之后，他要么蔫在一边，要么大醉一场。为此，她高大的身躯上总有一颗永远低着的头。醉酒的丈夫吆喝她去烧开水，要是迟了半刻，空酒瓶子就会立即落在她的头上。洗脚水稍微凉了或烫了，他会将水一脚掀翻，洗脚盆就会立即被扣到她的头上。他可真是舍得用力气。盆底有时会被扣得翻起来。她也有反抗的时候，太疼了，她会摸摸自己受伤的头，给他以应有的还击。趁丈夫不备，也会打个平局。可她却很少动手。

女人是在三天前的一个秋风瑟瑟的早上突然停止呼吸的。这黑黑胖胖、结结实实的女人怎么一躺下来就再也起不来了呢。

看着躺在灵床上山峦一样起伏的身体曲线，男人的心顿时像被掏空了似的。今后的饭谁来做？衣服脏了谁替我洗？那一池的莲菜要挖要卖，整个冬季呀，如今谁去管理？

女人被停放在了灵床上。按常理，灵堂前应该摆放一张亡人生前的照片的。可女人没有照片。男人的心突然发起困来。

男人是在摄影师按下快门的那一刻开始放声大哭的。这是他一生第一次为自己的女人流泪。

男人忽然想到要为自己的女人作补偿。他向所有的亲朋好友捎信报丧。连那些平时从不来往的沾亲带故者也都发了丧。小辈们一律披纱戴孝。

他为她举行一次庄严而隆重的丧礼。

浩浩荡荡的送葬队伍排着长队，合着忧伤的哀乐的节奏，逶迤前行，直往墓地。一路践踏着男人破碎零落的心。